Carlo Meier

Die Kaminski-Kids:

Tatort Ocean Queen

www.fontis-verlag.com

Simon

Raffaela („Raffi")

Debora („Debbie")

Zwockel

Wayan

Mojo

Putu

Liebe Leserinnen und Leser

Wie bei allen Fällen der Kaminski-Kids haben auch bei diesem Band meine drei Kinder **Sidi, Anuschka** und **Saskia** tatkräftig mitgeholfen. Vielen Dank dafür! Bedanken möchte ich mich für die wertvollen Anregungen auch bei **Alicia Smith** (13), **Bianca Wilson** und **Sarah Hoehn.** Und natürlich bei meiner Frau **Andi,** ohne die dieses Buch nie möglich geworden wäre.
Mein Dank geht ebenfalls an **Manuela Griffel** und **André Widmer** (Kriminalpolizei) sowie **Simon Carrel** und **Claudia Bucheli** (Pädagogen) für ihre sachkundige Beratung.
Nicht zuletzt möchte ich mich auch bei meinen Lektorinnen **Vera Hahn** und **Anne Helke** sowie bei meinem Lektor und Freund **Christian Meyer** bedanken, der seit Beginn der Kaminski-Kids in sämtlichen Bänden entscheidende Impulse eingebracht hat.

Viel Spaß wünscht Euch allen

Carlo Meier
fanclub@kaminski-kids.com

Besuche die Kaminski-Kids auf www.kaminski-kids.com! Schau nach, was die Kids über sich selbst erzählen und fordere die kostenlosen E-Mail-News mit spannenden Infos und Gewinnspielen an – damit bleibst Du immer am Ball, wenn was Wichtiges passiert. Viel Wissenswertes gibt es auch für Vorträge und Referate – und natürlich alle Fakten über die Bücher, Hörspiele, Lesungen und den Autor.

Carlo Meier

Die Kaminski-Kids: Tatort Ocean Queen

Mit Illustrationen von Matthias Leutwyler

20 Jahre Kaminski-Kids

20 JAHRE

Jubiläumsband

fontis

Bibliografische Information der Deutschen Nationalbibliothek
Die Deutsche Nationalbibliothek verzeichnet diese Publikation in der Deutschen Nationalbibliografie; detaillierte bibliografische Daten sind im Internet über www.dnb.de abrufbar.

FSC
www.fsc.org
MIX
Papier aus verantwortungsvollen Quellen
FSC® C014138

2.Auflage 2020

Umschlag und Illustrationen: Matthias Leutwyler, Luzern
Typografie Umschlag: Fontis-Verlag Basel, Vera Hahn
Satz: InnoSet AG, Justin Messmer, Basel
Druck: Finidr
Gedruckt in der Tschechischen Republik

ISBN 978-3-03848-165-2

Inhalt

Eintritt verboten

1

«Halt!»

Der Sicherheitsbeamte drückte auf einen großen roten Knopf, und sofort glitt die Glastür zu.

Der Eingang zum Schiff war nun versperrt.

Ein zwei Meter großer Mann in weißer Uniform stellte sich den Kids in den Weg. «Ich bin Pieter, Leiter der Bord-Security», sagte er und zeigte auf Zwockel, den Opa an der Leine hielt. «Hunde sind an Bord der *Ocean Queen* verboten. Habt ihr die Vorschriften beim Buchen nicht gelesen?»

«Wir haben nicht gebucht», antwortete Simon. «Opa hat die Reise gewonnen, für sich und drei Begleitpersonen. Bei einem Gewinnspiel im Radio.»

Pieter zuckte seine breiten Schultern. «Trotzdem sind Hunde verboten. Tut mir leid, den müsst ihr an Land lassen.»

«Alles, was recht ist!», meldete sich ein Mann aus der Warte-Reihe hinter den Kids. «Sehen Sie denn nicht, dass der alte Mann blind ist? Haben Sie Tomaten auf den Augen?»

«Genau», fügte seine Frau hinzu. «Das ist ein Blindenhund! Lassen Sie ihn doch an Bord, seien Sie kein Unmensch!»

Der Security-Leiter überlegte kurz. Dann drückte er eine Taste an seinem Funkgerät und sprach leise hinein.

Opa setzte derweil seine dunkle Sonnenbrille auf und tappte mit der freien Hand im Leeren voran.

Möwen kreischten in der salzigen Luft. Das tiefe Tuten eines auslaufenden Schiffs hallte durch den Hafen.

Pieter beendete sein Funkgespräch und trat zur Seite. «Alles klar.» Er machte mit seinem kräftigen Arm eine einladende Geste. «Weil der Gast ohne seinen Blindenhund nicht auskäme, darf das Tier an Bord – Ausnahmeregelung!»

«Super!», rief Raffi. «Klasse, Mann!»

Der Leiter wandte sich um, nickte dem Sicherheitsbeamten drinnen zu, und dieser ließ die gläserne Eingangstür der Ocean Queen wieder aufgleiten.

«Na endlich», seufzte der Mann hinter den Kids. «Geht doch!»

Auf dem Schiff tuschelten zwei gutaussehende dunkelhäutige Jungs vom Zimmerservice miteinander.

«Geh du die Austern holen und bring sie der alten Schachtel», murmelte Wayan leise.

«Ich?» Putu schaute seinen Bruder an. «Du bist doch ihr Zimmerboy, nicht ich!»

«Die Alte merkt das eh nicht, uns kann doch keiner auseinanderhalten.»

Tatsächlich sahen die beiden Zwillinge genau gleich aus, hatten dieselbe kaffeebraune Hautfarbe, schwarze Lockenpracht und eine geschmeidig schlanke Gestalt.

«Warum willst du denn tauschen?», fragte Putu.

«Ich möchte wissen, wie das hübsche Mädchen da drüben heißt.» Wayan zeigte auf Debora, die soeben mit Simon, Raffi, Opa und Zwockel an Bord kam.

«Alles klar.» Die beiden Jungs grinsten sich zu.

Wayan lief zur Reling und nahm Debora den Koffer ab. «Ich bin euer Zimmerboy», strahlte er. «Ich bringe euch zur Kabine.»

«Oh, danke», lächelte Debora.

«Es ist mir ein Vergnügen!» Wayan nahm auch Raffis Tasche, während Simon Opas Rollkoffer zog.

Zwockel tippelte schön brav an Opas Leine und guckte sich aufmerksam um.

Wayan eilte zur Decktür, um sie vor Debora zu öffnen. Doch da er beide Hände voller Gepäckstücke hatte, war das gar nicht so einfach. Mit vorgerecktem Ellenbogen drückte er die Klinke runter, dabei fiel ihm fast Raffis Tasche zu Boden.

Mit einem angestrengten Lächeln hielt er die Tür auf. «Bitteschön, die Dame!»

Debora trat schmunzelnd hindurch. «Vielen Dank, aber ich könnte meinen Koffer auch selbst tragen.»

«Kommt gar nicht in Frage! Hier entlang, bitte.»

Simon und Raffi zwinkerten sich grinsend zu, während

sie hinter Opa und Zwockel über den weichen Teppich den Flur entlangschlenderten.

Gedämpfte Musik drang aus unsichtbaren Deckenlautsprechern, und ein Hauch von Vanille-Aroma hing in der gekühlten Luft.

Vor den Aufzügen hielt Wayan an und wartete auf Opa und die Kids.

«Oh!» Rasch stellte er das Gepäck ab und eilte zu Raffi zurück. «Dir ist da was runtergefallen.»

Er hob es auf und gab es ihr.

Es war ein Geldschein.

«Danke! Hab ich gar nicht gemerkt!» Sie steckte den Schein tief in die Hosentasche. «Das wäre jetzt voll blöd gewesen, mein ganzes Taschengeld für die Reise weg!»

«Kann ich verstehen, ist mir auch schon passiert», erzählte Wayan. «Doch statt Taschengeld war's bei mir die Lohntüte, und damit war der ganze Wochenlohn weg – auf Nimmerwiedersehen.»

Debora musterte ihn erstaunt. «Jemand muss die Tüte doch gefunden haben ... und keiner hat sie dir zurückgegeben?»

«Leider nicht.» Wayan zuckte die Schultern. «An Bord kümmert sich jeder nur um sich. Nur wenige halten zusammen. Aber die gehen dafür gemeinsam durch dick und dünn.»

In diesem Moment ging ein Ruck durch das Schiff. Das tiefe Tuten des Signalhorns ertönte.

Wayan lächelte. «Wir legen ab.»

«Cool!» Die Kids rannten zum Fenster.

Gespannt beobachteten sie, wie das Riesenschiff langsam vom Ufer absetzte.

Unten auf der Pier standen viele Leute und winkten herauf.

Raffi winkte zurück. «Jetzt geht's los! Ich bin schon ganz aufgeregt!»

Während die Ocean Queen aus dem Hafen auslief, hielt Zimmerboy Putu im Luxus-Deck vorsichtig ein edles Tablett in den Händen. Darauf waren Austern kunstvoll aufgetürmt und mit Zitronenschnitzen dekoriert.

In einem der vielen Flure drückte sich ein Junge mit zerzaustem Haar herum. Er hatte eine viel zu große Zimmerservice-Uniform an und starrte sehnsüchtig auf die Austern.

Putu wunderte sich über den Jungen. Wenn der im selben Team wie er arbeitete, müsste er ihn eigentlich kennen …

Zudem waren die Zimmerboys zu einem gepflegten Äußeren verpflichtet. Und eine lotterige Uniform und zerzauste Haare konnte man wohl kaum als gepflegt bezeichnen.

Mit einem leisen Kopfschütteln hielt Putu vor der größten Luxus-Suite an. Darin wohnte Miss Radderford. Der

Name der reichen Dame stand in verschnörkelter Goldschrift auf einem prunkvollen Schild an der Wand.

Putu machte sich kurz bereit, hier gleich seinen Bruder Wayan zu spielen.

Dann holte er tief Luft und klopfte an die Tür.

Der war's!

2

Miss Radderford öffnete die Tür der Luxus-Suite. Das weiße Haar der kleinen alten Dame hatte einen violetten Farbton und war luftig hochgeföhnt.

Putu lächelte galant. «Ihre Austern, Madame!»

Sie warf einen Blick auf das edle Tablett und nickte schweigend.

«Wo darf ich es hinstellen?», fragte Putu dienstfertig.

Die Dame schaute ihn befremdet an. «Na, wohin wohl? Da, wo du's immer hinstellst, Wayan!»

Putu folgte ihrem Blick und sah, dass drinnen auf dem Salontisch bereits andere Köstlichkeiten warteten. Neben einem Dutzend verlockend aussehender Erdbeertörtchen stand eine edle Flasche Sekt in einem Eiskübel.

«Selbstverständlich, Madame!» Der Zimmerboy eilte in den Salon und stellte die Austern auf das Tischchen.

Offenbar hatte er richtig getippt, denn die Dame beschwerte sich ausnahmsweise mal nicht.

Stattdessen sagte sie: «Lass die Muscheln nicht runterfallen, so ungeschickt, wie du immer bist, Wayan – die haben mich ein Vermögen gekostet!»

Putu sah vorsichtig auf. «Es sind Austern, Miss R...»

«Das weiß ich selbst, Dummkopf! Ich habe sie ja höchstpersönlich beim berühmtesten Feinkostgeschäft an Land bestellt.» Sie rümpfte die Nase. «Natürlich gibt's an Bord auch welche, aber das Zeug bekomme ich nicht herunter.»

Sie ging zur Kommode an der Wand neben dem Schreibtisch. Dort nahm sie aus einer goldenen Dose einen dünnen Zigarillo heraus, der aussah wie eine braune Zigarette ohne Filter. Geübt steckte sie den Zigarillo in ein langes silbernes Mundstück.

Putu beträufelte derweil die Austern fachgerecht mit dem Saft der Zitronen.

Dabei bemerkte er, dass auf dem Salontisch eine schillernde Perlenkette lag. Die war bestimmt mehrere Zehntausend oder noch viel mehr wert. So viel, wie er in seinem ganzen Leben an Bord nie verdienen würde ...

Miss Radderford drehte sich um und musterte misstrauisch das Austern-Tablett. Ihr Blick fiel auf die ausgequetschten Zitronenschnitze, die Putu sorgfältig auf ein Extra-Tellerchen gelegt hatte.

Empört starrte die reiche Lady den Zimmerboy an. «Du hast jetzt aber nicht etwa Zitrone auf die Muscheln draufgemacht, oder?»

Putu nickte eingeschüchtert. «Das veredelt den Geschmack der Austern, Miss R...»

«Du weißt doch haargenau, dass ich Zitrone hasse!», zischte sie ihn an. «Was ist heute bloß mit dir los, Wayan! Man könnte ja meinen, du wärst zum ersten Mal hier!»

Sie hob die Hand und zeigte angewidert auf die Austern. «Die kannst du gleich in den Müll kippen! Du hast die Muscheln ruiniert!»

«Ich wollte doch nur ...», stammelte Putu. «Ich meine, ich ...»

«Ja, ja, ja! Weg damit! Du weißt doch, dass ich von Zitrone Ausschlag kriege! Und sie passt auch überhaupt nicht zum Sekt!»

Die kleine Dame stapfte zum Salontisch, zog die edle Flasche aus dem Eiskübel und schüttete den Sekt in einen Blumentopf voller seltener Orchideen.

«Du hast mir den Appetit verdorben, Wayan! Raus mit dir!» Sie wandte sich wieder ihrem Zigarillo zu und stapfte damit auf den großen Balkon der Suite hinaus.

Putu warf die Austern widerstrebend in den Müll. So eine Verschwendung ...

Dann eilte er rasch zur Tür, bevor die alte Dame noch mal zurückkam und weiterzeterte.

Als Putu die Suite verließ, schlüpfte der seltsame zerzauste Junge hinein und murmelte: «Zimmerservice.»

Putu wunderte sich immer mehr. Über den eigenartigen Jungen – und dass Miss Radderford offenbar so schnell einen anderen Zimmerboy bestellt hatte.

Hoffentlich war der mies geratene Tausch mit Wayan nicht aufgeflogen. Und hoffentlich bekäme Wayan keine

Schwierigkeiten, falls sich die Dame über seinen schlechten Service beschwerte …

Wayan blieb ein paar Decks tiefer vor der Kabine 10-007 stehen. «So, hier sind wir!»

Opa gab ihm die Schlüsselkarte, die er am Eingang erhalten hatte.

Wayan zog sie mit einer fließenden Bewegung durch das Lesegerät, und die Tür glitt auf.

Lächelnd stellte der Zimmerboy das Gepäck im Wohnraum der Kabine ab.

Während Opa und die Kids eintraten, holte Wayan einen kleinen Tablet-Computer heraus. «Lasst mich mal nachsehen …»

Er gab die Nummer 10–007 ein und begann zu lächeln. «Ah, als Preisgewinner seid ihr VIPs – sehr wichtige Personen! Ihr habt eine große Kabine mit einem Wohnraum und zwei Schlafzimmern, freies WLAN an Bord, Minibar …»

«Cool!» Simon strahlte – vor allem wegen des freien Internets. So konnte er mit seiner Freundin Antje während der ganzen Reise in Kontakt bleiben. Auch Debora freute sich aufs gelegentliche Chatten mit ihrem Freund Manuel.

Wayan öffnete die Tür zum Balkon, der die Sicht aufs offene Meer freigab.

Dann zeigte er den Gästen das erste Schlafzimmer mit

einem schön gedeckten Einzelbett und danach das zweite Zimmer mit einem Stockbett und einem Einzelbett.

«Darf ich oben schlafen?», fragte Raffi aufgeregt.

Debora nickte. «Dann bin ich unten, und Simon hat für sich ein Bett.»

«Und Zwockel könnte es sich im Wohnraum bequem machen», schlug Opa vor. «Hach Kinder, ich freue mich so auf die frische Meeresluft und das Urlaubsgefühl auf dem Schiff!»

«Dann wünsche ich jetzt schon viel Spaß!» Wayan trat in das Bad, das zu Deboras Zimmer gehörte, und legte wohlriechende kleine Seifen auf die Spiegelablage.

«Die sind nur für ganz besondere Gäste», lächelte er Debora an. «Eigentlich nur für Luxus-Suiten.»

Simon und Raffi schmunzelten sich zu.

Dann begleiteten die drei Kids Wayan aus der Kabine.

Im Flur davor blieb er stehen. «Verlangt mich beim Zimmerservice, wenn ihr was braucht. Ich stehe euch immer zu Diensten», erklärte er mit einem sonnigen Lächeln.

Dieses wich allerdings schlagartig aus seinem Gesicht, als jemand aufgebracht herangestapft kam.

Die kleine Miss Radderford kam den Flur entlang. An ihrer Seite befand sich Pieter, der großgewachsene Leiter der Security-Abteilung.

Die alte Dame hob die Hand und zeigte auf Wayan. «Der war's!», rief sie. «Der hat meine Perlenkette gestohlen!»

Der rätselhafte Fund

3

Der Security-Leiter packte Wayan am Arm. «Rück die Steine raus, aber ein bisschen plötzlich!» Sein Uniformhemd spannte über der kräftigen Brust so stark, dass die Knöpfe fast wegplatzten.

«Was für Steine?» Wayan war vollkommen verstört. «Ich ... ich habe keine Ahnung, wovon Sie sprechen.»

«Du brauchst es gar nicht erst abzustreiten», fuhr Pieter den Zimmerboy an. «Du hast vor fünf Minuten Miss Radderfords wertvolle Perlen geklaut! Und jetzt her damit!»

«Einen Moment mal», schaltete Simon sich ein. «Der Junge war die ganze Zeit bei uns, seit wir das Schiff betreten haben.»

«Das stimmt», bestätigte Opa mit ruhiger Stimme. «Er ist nicht von unserer Seite gewichen. Sehr aufmerksam und charmant. Er kann in dieser Zeit gar nichts gestohlen haben.»

«So-so ...» Pieter ließ Wayan los und begann zu grinsen. «Dann war es eben der andere – die zwei sehen ja genau gleich aus!»

Der Zwei-Meter-Mann sprach in sein Schulterfunkgerät. «Bringt diesen Putu zum Unterdeck und bleibt dort. Es gibt eine Kajüten-Durchsuchung!»

Pieter lächelte Miss Radderford zu. «Spielt keine Rolle, welcher von beiden es war, die wohnen in derselben Kabine. Dort werden wir die Steine finden, da bin ich ganz sicher.»

Er packte Wayan am Arm und führte ihn ab.

Die Kids schauten sich an.

«Und jetzt?», flüsterte Raffi.

«Da müssten wir unbedingt mit!», murmelte Debora.

Simon nickte. «Aber wenn wir alle gehen, fällt das doch auf, und Pieter würde uns wohl wegschicken. Allein falle ich weniger auf – vielleicht kann ich die Zimmerdurchsuchung verfolgen!»

«Stimmt», meinte Debora. «Gib uns einfach auf dem Handy Bescheid, wenn wir helfen können!»

«Okay.» Simon huschte den Gang entlang und schaffte es gerade noch rechtzeitig in den Aufzug zu den anderen hinein.

Als die Lifttüren viele Stockwerke tiefer im Unterdeck aufgingen, zweifelte Simon, ob er noch auf demselben Schiff war.

Alles sah hier anders aus. Auf dem Boden gab es statt weichem Teppich einen Kunststoffbelag, auf dem die Schuhsohlen der herumeilenden Arbeiter quietschten.

Die Wände des schmalen, fensterlosen Gangs waren nicht in freundlichem Hellgelb gestrichen, sondern betongrau. Und die heiße Luft roch nicht nach Vanille, sondern nach Schweiß und Öl. Dazu ließ das dumpfe Dröhnen der Schiffsmotoren alles leicht vibrieren.

Vor dem Fahrstuhl warteten zwei Sicherheitsleute mit Putu in ihrer Mitte.

Die Angst stand dem Zimmerboy ins Gesicht geschrieben. «Was ist denn los?», fragte er verwirrt.

«Das wirst du gleich sehen, Amigo.»

Pieter ging voran.

Die Jungs folgten ihm.

Dahinter sicherten die beiden Security-Mitarbeiter den Weg ab, damit keiner türmen konnte.

Hier auf dem Arbeiterdeck unterhalb der Wasserlinie sah Simon Dinge, die kein Fahrgast der Ocean Queen je zu Gesicht bekam.

In den Kabinen zu beiden Seiten saßen verschwitzte Männer in Unterhemden auf Stockbetten und hörten Hip-Hop-Musik. Im engen Gang herrschte hektisches Treiben, dauernd musste man sich an Leuten, abgestellten Rollwagen, Wäsche-Säcken und anderen Gegenständen vorbeidrängen.

Wayan stieß Putu unauffällig an. «Hey», flüsterte er. «Hast du die Perlenkette geklaut?»

«Nein!», antwortete Putu entsetzt. «Gesehen hab ich sie, aber doch nicht geklaut!»

«Sicher nicht? Verdient hätte es die alte Schachtel ja!»

«Schon, aber ich hab die Perlen nicht genommen – ehrlich, ich schwör's!»

Pieter blieb vor einer Kabine stehen und wandte sich an die zwei Sicherheitsleute. «Durchsuchen! Dreht alles zweimal um – ich will die Steine finden!»

Die beiden Männer nickten und schlüpften hinein, während die Jungs draußen bleiben mussten.

Simon hielt sich unauffällig im Hintergrund und schaffte es, einen Blick in die Arbeiterkabine zu werfen. Dabei stockte ihm der Atem.

In dem furchtbar engen Raum konnte man zwischen den beiden Dreier-Stockbetten kaum stehen. Außer Wayan und Putu hatten hier vier Männer ihre Schlafplätze dicht zusammengedrängt in der Hitze unter Deck. Für ihre Sachen hatten sie außer der Bettfläche nur einen schmalen Spind, um das Wichtigste einschließen zu können. Wer einmal für ein paar Minuten allein sein wollte, zog den Vorhang seines Stockbett-Abteils zu. Das war's dann mit Privatzone.

Auf dem Boden der Kabine kniete ein Security-Mann. Er leuchtete gerade mit seiner Taschenlampe die Unterseite des niedrigsten Betts ab.

Plötzlich beugte er sich vor und riss darunter etwas los.

Er zog es hervor und schaute es an.

Ein gelbes gepolstertes Kuvert.

Grinsend hielt er es Pieter hin. «Das hat unter dem Bett geklebt!»

Der Leiter lächelte erwartungsvoll. Als er den Umschlag öffnete und hineinblickte, wurde sein Lächeln noch breiter.

Auftrumpfend ließ er den Inhalt in seine Hand rieseln.

Es waren viele glitzernde kleine Steine.

Diamanten.

«Na also», brummte Pieter zufrieden. «Hab ich's doch gewusst!»

Er sah Putu und Wayan an, und sein Lächeln verlöschte wie ausgeknipst. Streng brüllte er: «Wessen Bett ist das?»

«M-m-meins», stammelte Putu mit zitternder Stimme. «Aber ich ...»

«In die Zelle mit ihm!», befahl Pieter und ließ die Diamanten zurück in den Umschlag gleiten. «Ich gehe jetzt gleich rauf damit zur reichen Lady.»

Die zwei Männer packten Putu an den Schultern und brachten ihn den Gang entlang zurück zu den Aufzügen.

Wayan war wie gelähmt. Simon zog ihn mit, im Laufschritt den anderen hinterher. «Wo bringen die Männer Putu hin? Wo ist diese Zelle?»

«In der Security-Zentrale», murmelte Wayan wie betäubt. «Da dürfen nur Sicherheitsleute rein.»

«Okay ...» Simon überlegte. «Dann lass uns im Luxus-Deck beobachten, wie Pieter den Umschlag der alten Dame bringt. Kennst du eine Abkürzung dorthin?»

Wayan nickte und führte Simon zu einem Lift, der mit *Crew Only* beschriftet war – nur für die Schiffs-Mannschaft.

Rasch stiegen die beiden Jungs ein.

Während sie dreizehn Stockwerke hochfuhren, hatte Wayan Tränen in den Augen. «Ich mache mir solche Sorgen! Ich bin für Putu verantwortlich, weil ich der Ältere bin. Wenn er als Dieb ins Gefängnis kommt, halte ich das nicht aus!»

«Vielleicht können wir das irgendwie abwenden», versuchte Simon den Jungen zu trösten. «Die Bord-Security ist nicht die richtige Stelle für so einen Fall. Am besten rufen wir die Polizei.»

«Es gibt keine Polizei an Bord», murmelte Wayan. «Auf dem Schiff ist allein die Security zuständig.»

«Was?» Simon musterte ihn verblüfft. «Echt?»

«Ja. Falls du's nicht glaubst: Ruf mal die Polizei-Kurznummer an, dann kommt der Zimmerservice.»

«Das gibt's ja nicht ...»

Der Lift stoppte, und die Tür glitt im Luxus-Deck der Ocean Queen auf.

Süßer Fliederduft stieg den Jungs in die Nasen.

Vorsichtig spähten sie in den edlen Flur hinaus.

Vom anderen Ende her kam gerade der breitschultrige Pieter mit beschwingtem Schritt auf die Suite der Dame zu. Er pfiff in Erwartung eines fetten Trinkgeldes ein flottes Liedchen.

Vor Miss Radderfords Zimmer blieb er stehen und klopfte grinsend an.

Simon und Wayan schlüpften aus dem Aufzug und

huschten in die Nische daneben. Von hier aus hatten sie eine gute Sicht, ohne selbst gesehen zu werden.

Die Tür der Luxus-Suite ging auf.

«Stets zu Ihren Diensten, Madame», verkündete Pieter stolz. «Hier sind die Steinchen!»

Die alte Dame mit der hochgeföhnten Frisur betrachtete das gepolsterte gelbe Kuvert.

Sie nahm den Umschlag.

Öffnete ihn.

Blickte hinein.

«Das sind nicht meine Steine», erklärte sie mit säuerlicher Miene. «Ich vermisse keine Diamanten, sondern eine Perlenkette. Von Diamanten kriege ich Ausschlag.»

Pieter verstummte.

Die Steine gehörten also nicht der alten Dame?

Aber wem denn sonst?

Wohl kaum den Arbeitern in den Unterdecks, die könnten sich so etwas in tausend Jahren nicht leisten.

Dann war der Fall ja klar – jemand wollte die Diamanten heimlich über die Grenze schaffen und so das große Geld machen!

Somit liefen also gleich zwei Verbrechen an Bord: Einerseits ein Diamanten-Schmuggel. Und andererseits der Diebstahl von Miss Radderfords wertvoller Perlenkette …

«Hier.» Die kleine Dame hielt dem baumlangen Mann das gelbe Kuvert unters Kinn. «Den Kram können Sie wieder mitnehmen. Ich will meine Perlen zurück – und zwar dalli, sonst beschwere ich mich beim Kapitän über Sie!»

Bill

4

Auf dem Weg zum ersten Abendessen an Bord des Riesenschiffs staunten die Kids nicht schlecht. Erst kamen sie an Kinos, Theatern und Spielcasinos vorbei. Dann durchquerten sie eine hell erleuchtete Shopping-Mall mit vielen Läden, Springbrunnen, Modeshops und Schmuckgeschäften.

Überall wimmelten Bedienstete und Angestellte wie fleißige Ameisen um die Feriengäste herum.

Im Speisesaal gaben große Fenster den Blick aufs weite Meer frei.

Am Horizont versank gerade die Sonne wie ein großer Feuerball.

Das ganze Wasser glitzerte in roten Farben.

Schließlich saßen die Kids mit Opa an ihrem Platz, und Zwockel lag brav unter dem weißgedeckten runden Tisch.

Am Eingang sah sich ein junger Mann nach einem freien Platz um. Als sein Blick auf den leeren Stuhl zwischen Opa und Raffi fiel, wandte er sich sogleich an die Chefkellnerin. «Dürfte ich vielleicht *dort* sitzen?»

«Einen Moment bitte.» Sie trat zu den Kaminskis.

«Wäre es Ihnen recht, wenn sich noch jemand zu Ihnen setzt?»

«Aber selbstverständlich», erwiderte der fast blinde Opa, ohne zu zögern.

Die Frau winkte dem jungen Mann zu.

Während er herüberkam, musterten ihn die Kids aufmerksam. Er trug einen Männer-Dutt, kurze Hosen und einen grauen Kapuzenpulli – nicht gerade die noble Kleidung, wie man sie an den meisten anderen erwachsenen Gästen hier im Speisesaal sehen konnte.

«Guten Abend», sagte er und setzte sich hin. «Ich bin Bill. Wie läuft's denn so?»

Die Kids schmunzelten.

«Gut», antwortete Raffi. «Außer, dass die Polizei einen Jungen eingesperrt hat.»

«Die Security», berichtigte Simon. «Polizei gibt's gemäß Wayan gar nicht an Bord.»

«Das ist richtig», sagte Bill. «Und die Security hat nicht immer die Regeln, die wir erwarten würden. Sie wendet das Gesetz des Landes an, unter dessen Flagge das Schiff fährt. Und da manche Luxus-Kreuzfahrtschiffe unter der Flagge von zwielichtigen Staaten unterwegs sind, kann das schon mal ganz schön ins Auge gehen.»

«Tatsächlich?», horchte Opa auf. «Hab ich gar nicht gewusst.»

«Das wissen viele nicht. Und so einige andere Dinge auch nicht.»

«Was denn so?», fragte Debora.

«Nun, da wäre zum Beispiel ...» Bill blickte auf. «Oh – lasst uns lieber später darüber reden.»

Zwischen den edel gedeckten Tischen hindurch schlenderte der Kapitän heran. Er trug zu seiner weißen Uniform selbst beim Abenddinner stolz seine Kapitänsmütze, und auf seinen Schulterklappen prangten vier dicke goldene Streifen. Und dazu noch ein goldener Stern.

Neben Opa blieb er stehen. «Herzlich willkommen an Bord der Ocean Queen», begann er feierlich. «Mein Name ist Francesco Scalino. Ich lade Sie als Gewinner und VIP-Gäste ein, mich morgen auf der Kommandobrücke zu besuchen. Gerne werde ich Ihnen das Steuerungs-System des Schiffes zeigen und alles erklären.»

«Wow!», schwärmte Simon. «Da wäre ich auch gern dabei!»

Der Kapitän lächelte. «Die jungen Begleiter sind selbstverständlich ebenfalls willkommen.»

«Herzlichen Dank», sagte Opa. «Sehr gerne nehmen wir Ihre Einladung an und besuchen Sie morgen auf der Kommandobrücke.»

«Bestens. Also bis dann. Einen schönen Abend noch.» Der Kapitän tippte sich an die Mütze, was Opa natürlich nicht sehen konnte. Und schon schlenderte der ranghöchste Mann des Schiffs wieder davon.

Bill schaute ihm nach und wandte sich dann an Raffi.

«Was war das vorhin für eine Geschichte mit dem eingesperrten Jungen?»

Sie seufzte. «Bei der Durchsuchung seiner Kabine wurden Diamanten gefunden ... Wie die dahinkamen, wissen wir nicht. Aber die Security verdächtigt den Zimmerboy, dass er die Steine heimlich an Bord genommen hat und sie in einem anderen Land teuer verkaufen wollte. So viel haben wir bis jetzt rausgefunden.»

Bill lächelte sie an. «Ah so, eine kleine Ermittlerin – da haben wir ja schon was Gemeinsames!»

«Was denn?», fragte sie.

Der junge Mann blickte weg und schwieg.

«Rausgefunden hat's eh Simon», berichtigte Raffi. «Nicht ich.»

Ihr Bruder lächelte. «Aber wir sind ein Team, wir drei – und Zwockel ist natürlich auch dabei.»

«Zwockel? Ach, der Collie!» Bill betrachtete schmunzelnd den Hund unter dem Tisch.

Dann blickte der junge Mann wieder auf. «Ein Wunder wär's ja nicht, wenn der Zimmerboy was drehen würde. Viele Angestellte bekommen an Bord bloß einen winzigen Lohn. Die Ocean Queen gehört zwar einer europäischen Reederei, doch die Boys verdienen nur so viel wie in ihren Ländern zu Hause, etwa Indonesien. Vielleicht zweihundert Euro im Monat für sieben Tage Arbeit die Woche, vierzehn Stunden täglich – davon können sie hier kaum leben.»

«Das klingt aber nicht gut», brummte Opa. «Woher wissen Sie das alles?»

«Mich beschäftigen solche Dinge eben – Ungerechtigkeit, Umweltzerstörung, Ausbeutung. Zum Beispiel die Ausbeutung der Angestellten hier auf dem Schiff ...»

Raffi sah den jungen Mann bewegt an. «Dass die Arbeiter so wenig kriegen, ist so was von fies!»

«Da hast du recht», murmelte Bill. «So etwas will ich nicht unterstützen.»

«Warum fährst du dann überhaupt mit?», fragte Simon.

«Weil ich eine Aufgabe habe hier auf dem Schiff.»

«Eine Aufgabe?» Raffi runzelte die Stirn. «Was für eine Aufgabe denn?»

«Das kann ich dir leider nicht verraten.» Der junge Mann sah sich vorsichtig um. «Aber wenn du willst, zeige ich dir morgen was an Bord, das nicht zu den Sonnenseiten eines Kreuzfahrtschiffs gehört. Natürlich nur, wenn dein Opa einverstanden ist.»

«Meine Enkelkinder sind mir sehr kostbar ...», brummte der alte Mann.

«Das hab ich schon gemerkt», sagte Bill. «Man spürt so was.»

Opa räusperte sich. «Also passen Sie gut auf und machen Sie nichts, was für die Kinder zu gefährlich wäre.»

Bill nickte. «Versprochen. Sie haben mein Wort.»

«Super!», strahlte Raffi. «Ich bin schon jetzt gespannt auf morgen!»

Bill lächelte und wollte noch etwas sagen, doch da wurde das Essen serviert.

Die Kids hatten mächtig Hunger. Sie begannen zu essen und sahen, wie am Nebentisch ein Mann seinen Teller gleich wieder wegschob. Sein Gesicht war ganz bleich. Er hatte dünnes blondes Haar, einen Schnurrbart und trug zu seinem Jackett ein elegantes Halstüchlein.

Plötzlich erhob er sich und hastete in Richtung Toiletten davon.

«Hoppla», meinte Simon. «Da ist wohl jemand seekrank geworden!»

«Was ist das?», fragte Raffi.

Debora schaute sie an. «Wenn jemand das Reisen auf einem Schiff und das dauernde Schwanken und Rütteln nicht gut verträgt, nennt man das Seekrankheit. Das kann bei hohem Wellengang immer schlimmer werden, aber jetzt ist das Meer ja noch ziemlich ruhig …»

Bei der Nachspeise erregte wieder der Nachbartisch die Aufmerksamkeit der Kids.

Dort zeigte die alte Miss Radderford angeekelt auf ihre Kaffeetasse und beschwerte sich bei der Kellnerin. «Der Kaffee sollte Titanic-Kaffee heißen, genauso schmeckt er nämlich – der reinste Untergang!»

Opa schmunzelte. «Mein Kaffee scheint mir auch mit einem Eisberg zusammengeprallt zu sein», bemerkte er in Richtung der Dame. «So wässrig und kalt, wie er ist.»

«Ha!», stieß Miss Radderford hervor. «Der Eisberg der Titanic – köstlich!», prustete sie, und ihr erneutes Lachen mündete in einen hartnäckigen Hustenanfall.

Opa ruckelte ein wenig an der Hundeleine. Sofort kam Zwockel unter dem Tisch hervor. «Bring mich bitte zu der Dame hinüber, Zwockel.»

Folgsam führte der Collie den alten Mann zum Nebentisch.

Opa klopfte der Lady sachte auf den Rücken, bis ihr Husten aufhörte.

«Herzlichen Dank, mein Lieber», schnaufte sie. «Sie müssen mich mal in meiner Suite besuchen, dann trinken wir zusammen einen *richtigen* Kaffee.»

«Es wäre mir eine Ehre», lächelte Opa.

«Ich werde Ihnen eine ausgezeichnete Kaffeespezialität servieren.» Die alte Dame senkte den Blick und musterte die Tasse auf ihrem Tisch verächtlich. «Nicht so was wie dieses laue Meerwasser-Süppchen hier!»

«Ich freue mich schon auf den Kaffee mit Ihnen», schmunzelte Opa und ging mit Zwockel zurück zu den Kids.

«Morgen sprechen wir gleich mit Wayan», sagte Simon dort gerade zu seinen Schwestern. «Er braucht so schnell wie möglich Unterstützung – bis zu dem Tag, an dem das Schiff das nächste Mal anlegt, muss der Fall gelöst sein, sonst steckt man Putu in dem Land ins Gefängnis!»

Heimliche Ermittlungen

5

Am nächsten Morgen fanden die Kids Wayan auf dem Sonnendeck. Der Junge servierte im obersten Stockwerk des Schiffs unter strahlend blauem Himmel farbenfrohe Drinks mit Fruchtschnitzen und Trinkhalmen. Trotz Schweißperlen auf der Stirn bediente er die Leute mit einem sonnigen Lächeln.

Partymusik hing in der warmen Meeresluft. Viele Gäste planschten vergnügt im riesigen Schwimmbecken, saßen im Schatten von großen Schirmen oder sonnten ihre eingeölten Körper auf Liegestühlen.

Im hinteren Teil des Pools führte eine große Rutschbahn drei Decks in die Tiefe und endete dort in einem weiteren Becken.

Raffis Augen leuchteten auf. «Da möchte ich mal runtersausen!»

«Das machen wir schon bald mal», schlug Debora vor. «Kommt, lasst uns zur Reling rübergehen.»

«Okay.» Die Kids schlenderten hin und schauten hinab. Unter ihnen eröffnete sich ihnen ein Panorama wie vom Dach eines Hochhauses in die Tiefe.

«Boa!» Raffi schnappte nach Luft. «Das ist aber hoch!»

Simon nickte. «Dreizehn Stockwerke – ein fahrender Wolkenkratzer.»

Wayan blickte drüben am Pool auf sein fast leeres Tablett und rief in die Runde: «Wer, bitte sehr, bekommt den Kamillentee?»

«Hier», meldete sich eine dünne Stimme. Bei den Liegestühlen hob jemand die Hand. Es war der blonde Mann, dem es im Speisesaal übel geworden war. Er trug einen Strohhut gegen die Sonne und war in eine Wolldecke gewickelt. Der Farbton seines Gesichts glich verdächtig dem seines weißen Halstüchleins. Sogar sein Schnurrbart wirkte blass.

Wayan eilte zu ihm hinüber. «Hier ist Ihr Tee, Mister Webber. Und dazu etwas Schiffszwieback.»

«Danke», murmelte der Mann mit starr geradeaus gerichtetem Blick, ohne seine Lage im Liegestuhl auch nur ein wenig zu verändern. Wohl eine Vorsichtsmaßnahme, damit ihm nicht noch übler wurde.

Das Getränketablett war nun leer, und Wayan ging rasch zu den Kids hinüber.

«Hallo», sagte Wayan und schlenderte mit den Kids in eine Nische neben dem Crew-Lift, wo sie unbeobachtet reden konnten.

Simon gab ihm die Hand und kam gleich zur Sache –

man konnte ja nicht wissen, wie lange man hier ungestört bleiben würde.

«Hey, Wayan, hast du eine Ahnung, wie die Diamanten unter Putus Bett gekommen sein könnten?»

«Keinen Schimmer», antwortete der Junge.

Debora musterte ihn aufmerksam. «Wäre es vielleicht möglich, dass jemand das Kuvert mit den Diamanten ohne Putus Wissen unter seinem Bett befestigt hat?»

Wayan schüttelte unglücklich den Kopf. «Ich weiß es nicht – ich habe keine Ahnung ...»

Raffi tat es weh, den Jungen so verzweifelt zu sehen.

«Okay.» Simon legte ihm die Hand auf die Schulter. «Wann war Putu zum letzten Mal an Land?»

«Lange bevor ihr an Bord gekommen seid», erklärte Wayan. «Wir gehen selten an Land, das wäre für uns viel zu teuer. Bei jenem Halt blieb ich auch an Bord. Putu ging für einen Nachmittag in den Hafen, um einen alten Freund zu treffen, der früher auch auf dem Schiff gearbeitet hat.»

«Alles klar.» Simon sah den Jungen nachdenklich an. «Wir müssten unbedingt mit Putu sprechen können. Aber er ist ja in der Zelle ...»

Da piepste Deboras Handy. «Oh, wir müssen zu Opa – das Treffen mit dem Kapitän auf der Kommandobrücke beginnt gleich!»

«Bedienung!», rief jemand von den Liegestühlen herüber. «Wo bleibt mein Bier?!»

Wayan rollte die Augen und rief: «Kommt gleich, mein Herr!»

«Na dann.» Simon gab ihm einen aufmunternden Klaps

auf den Rücken. «Wir bleiben in Kontakt, Wayan. Versuch irgendwie rauszukriegen, wie wir zu Putu vordringen könnten.»

«Alles klar», murmelte er und lief zum Crew-Lift, um viele Decks tiefer in der Küche weitere Getränke und etwas Salzgebäck, Schnittchen und Oliven für die Gäste auf dem Sonnendeck zu holen.

Aufgeregt gingen die Kids mit Opa und Zwockel wenig später den Flur zur Kommandobrücke der Ocean Queen entlang.

Plötzlich schwang eine seitliche Tür mit der Beschriftung *Crew Only* auf. Ein junger Mann trat heraus. Die Kapuze seines grauen Pullis war so tief in sein Gesicht gezogen, dass man ihn kaum erkannte.

«Bill», staunte Raffi und hielt an, während die anderen weitergingen. «Was machst du denn hier?»

«Ich bin gar nicht hier», murmelte er und schob bei einem weiteren Ausgang, der nur für Angestellte bestimmt war, eine Karte ins Lesegerät.

Die Tür klickte auf, und Bill verschwand dahinter.

Raffi sprang hin und hielt sie knapp vor dem Zuschnappen auf. «Hey, du wolltest mir doch heute was auf dem Schiff zeigen.»

Der junge Mann blieb drinnen im düsteren Treppenhaus stehen und sah sie zögernd an.

«Bi-hill», maunzte die Kleine mit ihrem liebsten Stimmchen. «Du hast es versprochen.»

«Okay», sagte er. «Ich nehme dich mit, obwohl's gefährlich werden könnte. Aber ich passe auf dich auf – ich hab deinem Großvater schließlich mein Wort gegeben.»

Über Raffis Gesicht huschte ein Lächeln. Sie folgte ihm, während Opa und die anderen fasziniert die Kommandobrücke betraten und nicht mitbekamen, dass die Kleine nicht mehr bei ihnen war.

Raffi hatte Mühe, auf der Treppe Bills Tempo die Stufen hinunter mitzuhalten.

«Wieso kannst du mit deiner Schlüsselkarte eigentlich die Crew-Türen öffnen?»

«Das ist eine *All-Area-Card»,* antwortete der junge Mann. «Mit der komme ich überall rein, in der Gäste-Zone und im Crew-Bereich.»

«Und woher hast du die?»

«Ich hab mir eben eine beschafft.»

«Okay ...»

Raffi folgte ihm weitere Treppen hinab, dann über schwach beleuchtete Gänge und dann noch mehr Treppen hinunter.

Die Kleine war ganz außer Atem, als Bill endlich vor einer Tür anhielt.

«Bleib immer dicht hinter mir», sagte er. «Hörst du?»

Sie sah ihn aus großen Augen an.

«Warum? Was ist denn da drin?»

«Das wirst du gleich sehen.»

Bill öffnete die Tür, und ein ohrenbetäubender Lärm donnerte auf.

Raffi folgte dem jungen Mann hinein.

Sie befanden sich im riesigen Motorraum des Schiffs.

Er war fast so groß wie eine Turnhalle.

Der Boden vibrierte unter ihren Füßen.

Überall brummte und dröhnte und zischte es.

Beißender Ölgeruch hing in der heißen Luft.

Schmale Durchgänge führten an einer Reihe von haushohen Motorblocks entlang.

Chromstahlröhren und Ölleitungen verliefen zu Tanks und anderen Maschinenteilen.

Bill blieb an einer Ecke stehen und schaute sich um.

Es war niemand zu sehen.

Rasch holte er aus seinem Rucksack ein Glasröhrchen mit einer Pipette heraus, drehte es auf, bückte sich und sog etwas von der schwarzen Flüssigkeit auf dem Boden vor einem Tank in die Pipette hinein.

«Was machst du denn da?», fragte Raffi.

«Erklär ich dir gleich.» Er verstaute das Röhrchen sorgfältig in einer gepolsterten Box und diese dann in seinem Rucksack.

Dann eilte er zurück an die Stelle, wo sie den Motorraum betreten hatten.

Er ging mit Raffi raus und drückte die Tür von außen wieder zu.

Hier im Treppenhaus dröhnte der Maschinenlärm augenblicklich viel weniger laut.

Raffi sah Bill abwartend an.

«Ich habe eine Ölprobe genommen», erklärte er. «Viele Schiffe fahren mit Schweröl. Das ist im Vergleich zu Autobenzin eine schmutzige Pampe. Die fünfzehn größten Kreuzfahrtschiffe stoßen zusammen mehr Schwefeldioxid aus als alle Autos der Welt zusammen.»

«Was? Was ist das, dieses Schwefeldingsbums?»

«Ein Gas, das aus dem Auspuff kommt – oder eben aus dem Kamin wie hier auf dem Schiff. Es reagiert mit der Feuchtigkeit in der Luft und bildet erst eine leichte Säure und dann Schwefelsäure. Die ist extrem aggressiv. Und sehr, sehr giftig.»

Raffi starrte den jungen Mann an. «Und fünfzehn Schiffe sind schlimmer als alle Autos der Welt zusammen? Das kann doch nicht sein!»

«Leider doch. Einige große Reedereien behaupten neuerdings, mit besserem Öl zu fahren. Auch die Besitzer der Ocean Queen. Und genau das überprüfe ich jetzt. Wir werden im Labor die Ölprobe untersuchen, die ich genommen habe.»

«Wir? Wer ist wir?»

Bill musterte Raffi aufmerksam. «Kannst du schweigen?»

Sie nickte ernst.

«Also gut», sagte er. «Ich ermittle *undercover* an Bord für die Umwelt-Organisation *PlanetFrieden*. Ich werde auch noch andere Dinge auf dem Schiff untersuchen.»

Die Kleine schluckte. «Ist das denn nicht gefährlich?»

«Doch, die Schiffsbesitzer mögen es gar nicht, wenn man ihre Vergehen aufdeckt und an die Öffentlichkeit bringt. Ich darf auf keinen Fall erwischt werden, sonst bin ich dran!»

«Oh-oh ...»

«Komm jetzt», drängte Bill. «Wir müssen weiter.»

Im verbotenen Bereich

6

In der Security-Zentrale der Ocean Queen gab es einen Überwachungsraum mit einer Wand voller Bildschirme. Ein Sicherheitsbeamter saß davor und behielt wachsam die Monitore im Blick.

Sie zeigten glitzernde Räume in belebten Spielcasinos.

Leere Flure zwischen endlos vielen Kabinentüren.

Luxuriöse Hallen mit Polstersesseln, Springbrunnen und Wasserskulpturen inmitten von Modeshops, Blumenläden, Frisören, Schmuckgeschäften, Kinderparadiesen.

Andere Monitore zeigten schwach beleuchtete Treppenhäuser im Crew-Bereich.

Düstere Gänge mit Geländern, Kästen, Feuerlöschern.

Und mit einem kleinen Mädchen sowie einem kapuzentragenden Mann, die hastig einen Flur entlanghuschten.

Der Sicherheitsbeamte beugte sich vor und griff zum Funkgerät.

«Chef», sagte er. «Da treiben sich zwei Leute im verbotenen Bereich herum.»

«Verstanden», drang Pieters Stimme aus dem Funkgerät. «Wo genau?»

«Moment.» Der Beamte musterte den Bildschirm. «Sie sind in der Nähe des Motorraums …»

«Was haben die denn da zu suchen?» Pieter wurde gleich noch misstrauischer. «Sofort drei Mann zu mir!», befahl er. «Die zwei Eindringlinge schnappen wir uns!»

Bill blieb am Ende eines dunklen Gangs stehen. Er sah Raffi an und hob den Finger an die Lippen zum Zeichen, dass sie ganz still sein musste.

Raffi nickte bange.

Vorsichtig beugte Bill sich vor und spähte um die Ecke.

Dann huschte er los, auf lautes Meeresrauschen zu.

Raffi folgte dem jungen Mann mit klopfendem Herzen über eine offene Fläche zu einer großen Luke in der Außenwand des Schiffs.

«Halt dich gut fest!», rief Bill ihr zu.

Raffi krallte sich im starken Wind mit beiden Händen an die Umrandung, um auf keinen Fall hinauszufallen. Unmittelbar unter ihr wogten und zischten die Wellen. Salzige Wassertröpfchen sprühten auf ihre Haut.

Bill setzte sich eine Sonnenbrille auf, obwohl es im Schiff ziemlich dunkel war.

«Öh?», staunte Raffi. «Warum tust du denn das?»

«Die Brille hat eine eingebaute Kamera», erklärte der junge Mann. «Damit sammle ich Beweismaterial auf Film.»

«Na, du bist ja gut ausgerüstet – Glasröhrchen, Filmbrille …»

«Ich hab noch mehr Tarnausrüstung an Bord», lächelte er. «Go-Pro-Kamera, Mikrofone, Kopfhörer und so weiter.»

«Poa!», machte Raffi beeindruckt.

Bill hob die Schultern. «Das hier ist ein leichter Einsatz für mich. Ich hab schon ganz andere Sachen gemacht.»

«Was denn?»

«Mich in einem Naturschutzgebiet in stürmischer See an Windkraftmasten gekettet. Oder auf afrikanischen Kakao-Plantagen dafür gekämpft, dass keine Kinder mehr dort arbeiten müssen, nur damit wir hier in Europa billige Schokolade kriegen …»

Plötzlich öffnete sich über ihnen ein Schacht.

«Es geht los!» Bill hob den Kopf und filmte mit der Brillenkamera, wie eine Lawine von Lebensmitteln durch den Schacht herabtoste und durch die offene Luke ins Meer hinausplatschte.

Raffi hielt die Luft an, als sie sah, wie draußen Haie und andere große Fische mit aufgerissenen Mäulern nach den Resten schnappten.

«Das ist noch nicht alles!», rief Bill über das Tosen und Rauschen hinweg. «Jeden Tag werden auf dem Schiff Tonnen von einwandfreien Lebensmitteln ins Meer gekippt! Die Reste von den ganzen Restaurants und Auslagen wandern alle in den Müll, auch wenn kein Mensch sie berührt hat!»

«Was? Das …» Vor lauter Entsetzen vergaß Raffi, sich weiter mit beiden Händen an der Umrandung festzuhalten.

Und da geschah es.

Sie wurde vom Luftzug über die Kante hinausgesogen.

Ihr Oberkörper schwebte über der Wasserfläche mit den Haien, während sie mit der einen Hand krampfhaft an der Kante Halt suchte. Ihre Finger umklammerten kaltes Eisen …

«Aaahhhh!», schrie sie verzweifelt.

Die Fische kamen immer näher.

Im letzten Moment packte eine Hand Raffis Schulter.

Bill zerrte die Kleine ins Innere zurück. «Was machst du denn?!», brüllte er sie an. «Ich hab dir doch gesagt, es ist gefährlich! Mannomann, jetzt hätte es dich fast erwischt!»

Inzwischen erreichte Pieter mit seinen drei Sicherheitsleuten den Motorraum. Der Security-Leiter riss die Tür auf, und alle gingen in dem dröhnenden Getöse in verschiedene Richtungen los.

Wachsam eilten sie die Gänge an den riesigen donnernden Motorblocks und Triebwerksgehäusen entlang.

Nach einer Weile kamen die Männer in der ölverhangenen Hitze zurück zum Eingang.

Pieter schaute sie im ohrenbetäubenden Lärm der Reihe nach fragend an.

Alle schüttelten die Köpfe.

Der Zwei-Meter-Mann öffnete die Tür, und sie traten

wieder ins Treppenhaus hinaus. Beim Schließen wurde der Maschinenlärm schlagartig leiser.

Pieter sprach via Funkgerät mit dem Mann im Überwachungsraum. «Im Motorraum sind sie nicht! Hast du sie irgendwo auf dem Schirm?»

«Ja», knisterte die Antwort aus dem Gerät. «Eben sind sie von einer Kamera in der Nähe der Entsorgungsluke erfasst worden!»

«Okay.» Der Leiter gab seinen Männern ein Zeichen. «Ich kenne eine Abkürzung dorthin. Wir schneiden ihnen den Weg ab!»

Schnell stapfte der Suchtrupp los.

«Wartet nur», brummte Pieter vor sich hin. «Gleich erwischen wir euch – und dann seid ihr dran!»

Der blinde Passagier

7

Bill führte Raffi von der Luke weg eine Treppe hoch. Hier gelangten sie auf einen Außenbereich des ersten Decks über der Wasserlinie. Seitlich waren reihenweise Rettungsboote festgemacht.

Im Rauschen der Wellen unter ihnen schmeckte Raffi die salzige Luft.

In diesem Moment bekam sie mit, wie jemand unter der Plastikplane eines Rettungsboots hervorkroch.

Es war ein Junge mit zerzaustem Haar in einer lottrigen Zimmerboy-Uniform.

Als er sie sah, riss er erschrocken die Augen auf.

Hastig wandte er sich ab und verschwand Hals über Kopf hinter einer Ecke.

Raffi und Bill rannten hin. Doch da war von dem Jungen weit und breit nichts mehr zu sehen.

«Komisch», staunte Raffi. «Was hat der denn in dem Rettungsboot gemacht?»

«Das wird wohl sein Unterschlupf sein», meinte Bill. «Der Junge ist wahrscheinlich ein blinder Passagier.»

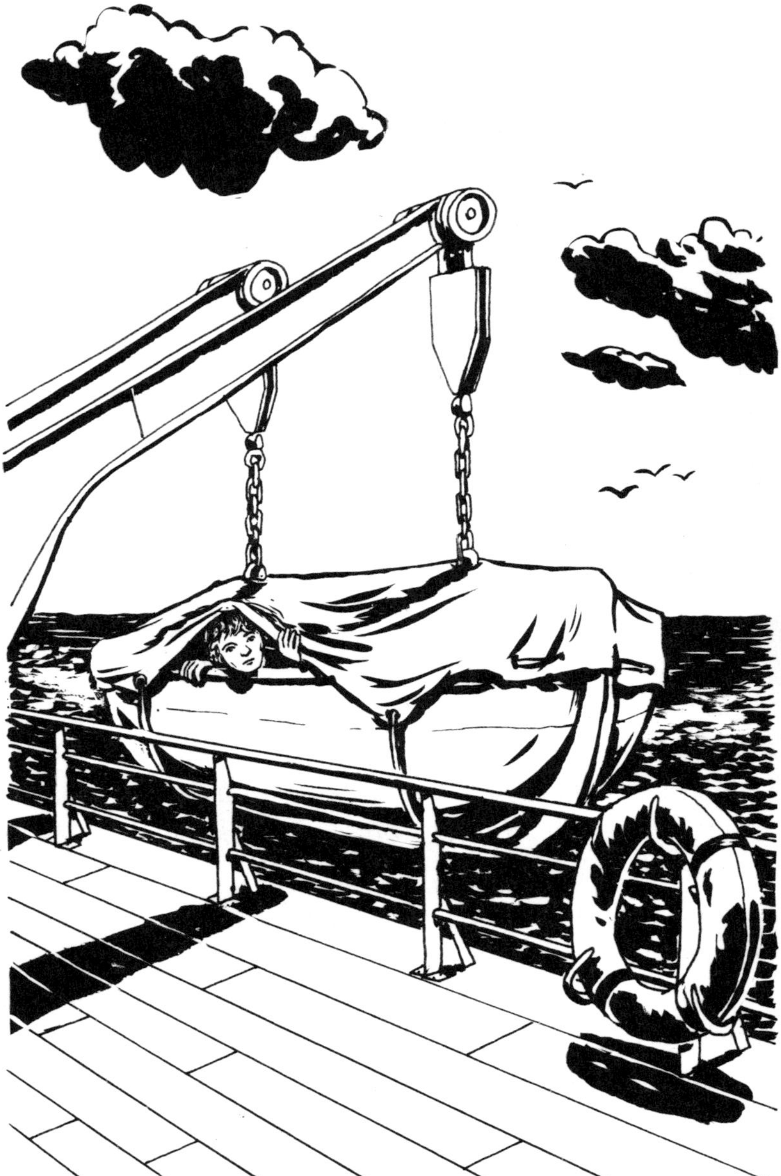

«Blind?» Raffi runzelte die Stirn. «Warum blind? Er hat uns ja gesehen.»

«So nennt man jemanden, der heimlich auf dem Schiff ist», erklärte Bill. «Wenn er entdeckt wird, bringt man ihn beim nächsten Halt an Land und übergibt ihn der Polizei. Früher warf man blinde Passagiere manchmal sogar über Bord.»

«Was?» Raffi musterte den jungen Mann mit der Kapuze entsetzt. «Und warum lebt der Junge heimlich auf dem Schiff und nicht in einer Kabine?»

«Weil er kein Ticket hat – er ist bitterarm und will in der Hoffnung auf ein besseres Leben in ein anderes Land», antwortete Bill ernst. «Er ist so verzweifelt, dass er sogar eine Reise in einem engen Versteck ohne Essen auf sich nimmt.»

Auf dem Rückweg nach oben eilten Bill und Raffi durch einen schummrigen Crew-Gang.

Bill wollte gerade eine Tür öffnen, da blieb er wie angewurzelt stehen.

Durch das Guckloch sah er vier Security-Männer auf sich zustapfen.

«Wir müssen abhauen!», zischte er und riss eine seitliche Schwingtür auf. «Komm!»

In Windeseile rannte er hinein und verschwand in dem dunklen Gang.

Raffi wollte ihm folgen, doch es war schon zu spät.

Pieter und die Sicherheitsleute stießen bereits die Tür zu ihrem Flur auf.

Hastig kauerte sich Raffi hinter einen Kasten mit Löschmaterial und hielt den Atem an.

Sie hörte, wie die Männer in den Gang traten.

Zwischen Wasserschläuchen und Feuerlöschern hindurch konnte sie sehen, wie Pieter sich misstrauisch umschaute.

Sein Blick blieb an der Schwingtür hängen, durch die Bill verschwunden war – sie schwang noch leicht hin und her …

Ein Lächeln breitete sich auf Pieters Gesicht aus.

Leise schob er die Schwingtür auf und gab seinen Männern mit dem Kopf ein Zeichen.

Wortlos stapften alle in den Flur hinein.

Raffi biss sich auf die Lippe – hoffentlich erwischten die Männer Bill nicht!

Vorsichtig richtete sie sich auf.

Nun konnte sie natürlich nicht mehr weiter hinter Bill hergehen.

Jetzt musste sie ohne ihn zurechtkommen.

Sie war ganz auf sich allein gestellt.

Aber so was von allein.

Raffi tappte los.

Sie kam durch schwach erhellte Gänge.

Irrte durch Flure ohne Beleuchtung oder solche mit flackernden Deckenlampen.

Stieg steile Innentreppen hinauf.

Alles sah irgendwie gleich aus.

Sie hatte das Gefühl, als ginge sie im Kreis.

War sie hier nicht schon mal vorbeigekommen?

Manchmal dachte sie, da vorne wäre ein Ausgang. Doch wenn sie die Tür erreichte, war dahinter bloß wieder ein weiterer Flur.

Düster, mit flackernder Deckenbeleuchtung.

Immer wieder.

Es war zum Irrewerden.

Plötzlich blieb Raffi stehen.

Seitlich vor ihr bemerkte sie eine niedrige schwarze Tür, die sie noch nie gesehen hatte. In der Mitte war ein weißer Totenkopf aufgemalt.

Die Kleine musterte ihn und fröstelte.

Sollte sie sich überwinden und durch diese Tür gehen?

Vielleicht käme sie dann endlich an einen anderen Ort, anstatt immer im Kreis zu gehen.

Sie beugte sich vor und griff nach der Klinke.

Dabei las sie die Buchstaben unter dem Totenkopf.

Dort stand: *DANGER! LEBENSGEFAHR!*

Raffi zuckte zusammen und ließ die Klinke schnell los – zum Glück hatte sie die Tür nicht geöffnet!

Sie schüttelte sich.

Richtete sich auf.

Und ging weiter.

Der düstere Gang führte zu einer Verzweigung mit einem anderen Flur.

An dessen Ende leuchtete helles Licht.

Aufgeregt bog Raffi in den Flur ein und eilte ihn voller Hoffnung entlang.

Er führte zu einer Tür mit einer Aufschrift.

Aus der Nähe konnte sie die Worte lesen.

GÄSTEBEREICH – IMMER LÄCHELN!

Gästebereich?

Das hieß doch ... dass hier der «normale» Teil des Schiffs begann!

Endlich!

Sie hatte es geschafft!

Sie hatte es tatsächlich geschafft, aus diesem Crew-Bereich hinauszufinden!

Vor lauter Erleichterung atmete Raffi glücklich auf.

Jetzt musste sie nur noch diese Tür öffnen, und dann wäre sie gerettet.

Sie streckte den Arm aus. Griff nach der Klinke und ...

In diesem Moment legte sich eine schwere Hand auf ihre Schulter.

«Hab ich dich, Kleine!», brummte eine tiefe Männerstimme.

Zu Tode erschrocken fuhr Raffi herum.

Zuerst sah sie nur weiße Uniformbeine.

Dann hob sie langsam den Kopf.

Nach Bauch und Brust folgte ihr Blick dem großen Sicherheitsmann entlang in die Höhe bis zu seinem Gesicht.

Dem Gesicht von Security-Leiter Pieter.

Erwischt!

8

Raffi überlegte fieberhaft, was sie bloß tun sollte.

Plötzlich hatte sie eine Idee.

Sie warf sich Pieter entgegen und herzte ihn stürmisch. «Zum Glück sind Sie da!», rief sie. «Sie sind mein Retter! Ich dachte schon, ich finde nie mehr hier raus. Ich bin ja so froh, dass Sie mich gerettet haben!»

«Was ...» Der Mann löste sich von ihr. «Was suchst du im Crew-Bereich?»

«Na, den Ausgang natürlich!»

«Soso.» Er runzelte die Stirn. «Und wie bist du reingekommen? Auf den Türen steht doch, dass nur Angestellte reindürfen, und man braucht eine spezielle Schlüsselkarte.»

Raffi dachte einen Moment nach. «Eigentlich wollte ich auf die Kommandobrücke», sagte sie dann. «Ich war nämlich vom Kapitän höchstpersönlich eingeladen!»

Pieter stutzte. Dass die Kleine eine Einladung des Kapitäns hatte – wenn nicht sogar persönliche Beziehungen zum ranghöchsten Mann auf dem Schiff –, konnte Ärger bedeuten. Andererseits waren alle Gäste gleich zu behandeln, so viel stand fest.

«Also, raus mit der Sprache», sagte er. «Wir befinden uns hier dreizehn Decks unter der Brücke, warum bist du denn so weit weg von dort?»

«Woa!», stieß Raffi bewundernd hervor. «Dreizehn Stockwerke hat das Schiff!»

«Noch einige mehr», lächelte Pieter. «Unter dem Meeresspiegel sind auch noch Decks. Die Ocean Queen ist eines der größten Kreuzfahrtschiffe auf den Weltmeeren.»

«Dann sind Sie auch einer der wichtigsten Sicherheitsmänner auf den Weltmeeren», säuselte Raffi.

«Na, na, na. Weißt du, bei über viertausend Gästen und zweitausend Angestellten ist das Schiff wie eine Kleinstadt. Hier findest du auch alle Sorten von Menschen. Da sind natürlich auch Kriminelle dabei, und deswegen ist eine gute Security an Bord notwendig.»

Pieter sah auf seine Uhr. «So, genug geplaudert.»

Aufmerksam musterte er die Kleine. «Du warst in den Gängen mit einem Mann unterwegs – wer war das?»

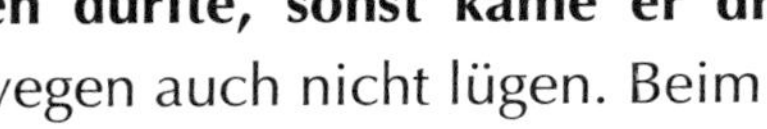

Raffi wollte Bill nicht verraten, weil er auf keinen Fall erwischt werden durfte, sonst käme er dran! Doch sie wollte seinetwegen auch nicht lügen. Beim Grübeln nach einer guten Antwort spürte sie plötzlich, dass sie dringend mal musste – und zwar wirklich dringend.

Kurzentschlossen entschied sie, es gleich damit zu versuchen. Sie holte tief Luft und sagte: «Ich ... muss ... Pipi!»

«Was?» Pieter sah sie streng an. «Kann das nicht noch kurz warten?»

«Nein.» Raffi presste die Beine zusammen. «Sonst ...»

«Sonst was?»

Sie senkte den Kopf. «Sonst gibt es eine Pfütze hier auf dem Boden ...»

Der Security-Leiter stellte sich vor die Tür in den Weg. «Du brauchst mir ja bloß rasch zu sagen, wer der Mann war, und schon kannst du gehen.»

«Er ... er ...», stammelte Raffi. «Ich hab gehofft, er würde mir den Ausgang zeigen.»

«Aha. Gut, beschreibe ihn näher!»

«Hmm.» Raffi presste die Beine noch stärker zusammen. «Er hatte eine Kapuze auf.»

«Und weiter?»

«Also ... die Kapuze war grau.»

«Mmm!» Pieter sog genervt Luft ein. «Jetzt reicht's mir aber! Du rückst jetzt endlich mit der Sprache raus, sonst ...»

In diesem Moment drang ein Bellen durch die Tür vom Gästebereich herüber. Zwockel sprang auf der anderen Seite zum Guckloch hoch und schaute durch das Glas herein.

Mit einem Ruck stießen die Kids die Tür auf. «Hier bist du ja, Raffi!», rief Debora. «Wir haben dich überall gesucht!»

«Braver Hund, Zwockel!» Simon strich dem Collie übers Fell. «Ohne dich hätten wir sie nie gefunden!»

«Super, dass ihr da seid!», strahlte Raffi.

Pieter trat widerwillig aus dem Weg. «In Zukunft will ich dich nie mehr im Crew-Bereich sehen», brummte er. «Keinen von euch, damit das klar ist!»

Wayan ließ in der Schiffs-Blumenhandlung eine bunte Auswahl seltener Orchideen zusammenstellen.

«Die ist für Miss Radderfords Suite», erklärte er.

Die junge Blumenhändlerin blickte erstaunt auf. «Aber in ihrer Suite sind doch noch ganz frische Orchideen!»

«Waren», berichtigte der Junge. «Die Blüten sind alle verschrumpelt und abgefallen. Keine Ahnung, warum.»

«Sind sie etwa verdurstet?»

«Im Gegenteil, der Topf war randvoll, Jennifer.»

«Dann war's wohl deswegen – Orchideen brauchen nur ganz wenig Flüssigkeit.»

«Ach so …»

Sorgfältig hob Jennifer den schicken Topf mit den neuen Blumen auf die Theke. «Die Säbelzahn-Orchideen kommen direkt aus Madagaskar und kosten ein Vermögen! Sonst noch was?»

«Nein. Das heißt …»

«Was?»

Wayan blickte sich um. Dann beugte er sich vor und flüsterte: «Hast du beim Schnittabfall vielleicht eine rote Rose?»

«Wozu brauchst du die denn?»

Der Junge errötete leicht. «Nur so …»

Jennifer seufzte. «Etwas vom Schnittabfall rauszugeben kann mich den Job kosten, und den will ich behalten, er gefällt mir nämlich.»

«Ich weiß, so was ist streng verboten. Wir dürfen ja nicht mal von den Speiseresten der Buffets essen, selbst wenn noch so viel übrigbleibt. Aber … ich wäre dir wirklich sehr dankbar, Jennifer.»

Sie musterte ihn und schaute sich dann verstohlen um.

«Okay, warte einen Moment.» Schnell verschwand sie nach hinten.

Wayan stand mitten im schweren Duft der exotischen Blumen und Blüten im Laden. Andere Kunden betrachteten seltene Pflanzen oder sahen sich einfach um.

Vor dem Schaufenster spazierten Familien in der belebten Shopping-Mall mit Kinderwagen um den großen Springbrunnen mit dem bunten Wasserspiel herum.

Einzelne Gäste und Paare flanierten an den Luxus-Geschäften mit Uhren und Schmuck vorbei.

Andere genossen in den edlen Ledersesseln einfach ihren Urlaub und überlegten sich vielleicht, was sie aus dem heutigen Bordprogramm auswählen sollten: die Eislauf-Revue, das Rockkonzert, das Theaterstück, die Musical-Aufführung …

In diesem Augenblick kam Jennifer wieder zurück.

Unauffällig legte sie eine weiße Papiertüte neben den Orchideen-Topf auf die Theke. «Lass dich nicht damit erwischen!», flüsterte sie. «Viel Glück, Wayan!»

«Schon klar.» Der Junge lächelte sie strahlend an. «Danke, Jennifer!»

Mojo

9

Beim Abendessen konnte man sich diesmal selbst am Buffet bedienen. Die Auslage war vierzig Meter lang und bot alles, was das Herz begehrt.

Die Kids schlenderten erst mal der Theke entlang, um sich einen Überblick zu verschaffen.

Da gab es wunderschön gestaltete Vorspeisen mit knackigen Salaten, frischem Obst, Melonen, Rohschinken, Fischhäppchen und buntem Gemüse.

Und dann zahlreiche Hauptspeisen aus aller Herren Länder: chinesische, amerikanische, deutsche, thailändische, italienische, englische …

Und schließlich eine mehrstöckige Nachtisch-Auswahl mit tausend süßen Leckereien wie aus einem Traum.

Raffi lief gleich das Wasser im Mund zusammen beim Anblick der Törtchen, Schokokugeln, Fruchtcremes, Schnittchen, Pralinen, Kuchenstücken …

Doch je länger sie das alles betrachtete, desto unruhiger wurde ihr Gewissen.

Die Sache mit dem blinden Passagier ging ihr nicht mehr aus dem Kopf.

Hier türmten sich so viele Leckereien, und der arme Junge im Rettungsboot hatte sicher Hunger …

Da kam Raffi eine Idee.

Sie holte ein Tablett und begann es zu füllen, um es anschließend dem Jungen zu bringen.

Sie häufte Sandwichs drauf. Dazu einen Teller Pommes, ein Stück Pizza Hawaii, einige Früchte und zum Schluss noch ein paar besonders verlockende Süßigkeiten. Dabei musste sie immer wieder um andere Gäste herumkurven.

Simon und Debora musterten ihr Tablett. «Was hast du denn damit vor? Was führst du im Schilde?»

«Ich bring's dem blinden Passagier im Rettungsboot. Kommt ihr mit?»

«Ja, klar.» Debora nickte entschlossen. «Wir sind doch ein Team!»

«Logisch!» Simon schaute zu Opa hinüber. «Ich bringe ihm sein Essen und sage ihm Bescheid, dann kann's losgehen.»

Zehn Stockwerke weiter unten gingen die Kids an der Reling entlang auf dem dunklen Deck knapp über der Wasserlinie. Am schwarzen Nachthimmel leuchteten Millionen von Sternen. Das Meer rauschte laut, und Wellen spritzten bis über die Reling hoch.

Hier am Außenrand des Schiffes schwankte der Boden

deutlich vom unruhigen Seegang. Das machte es Raffi nicht gerade leichter, alles auf ihrem prall gefüllten Tablett draufzubehalten.

«Welches Rettungsboot war es denn?», fragte Simon im schwachen silbernen Licht der Sterne.

«Öhmm», murmelte Raffi nachdenklich. «Das zweite, glaube ich. Die hier sind ja alle modern. Aber ganz am Ende sind noch ein paar altmodische aus Holz.»

Die Kids tappten zu dem Boot und hoben die Plane an.

Doch im Innern gähnte tiefe Finsternis.

Da war niemand drin, so viel stand fest.

«Schade», murmelte Raffi enttäuscht. «Er ist nicht hier.»

«Dann lassen wir ihm die Sachen doch da», schlug Debora vor. «Wenn er zurückkommt, freut er sich bestimmt darüber.»

«Okay.» Raffi gab Simon das Tablett. «Bitte stell du's rein – ich leere sonst alles aus.»

«Kein Problem.» Simon beugte sich über den Bootsrand und verfrachtete das Tablett vorsichtig auf den Plankenboden.

Plötzlich stutzte er.

Denn da lag schon etwas.

Ein zerrissenes T-Shirt.

Ein Foto mit einer großen Familie und dem Jungen drauf.

Ein paar wunderschöne Bleistiftzeichnungen.

Und …

… eine schimmernde Perlenkette.

Die Kette von Miss Radderford.

Auf einmal knackte es hinter den Kids auf dem Deck.

Der zerzauste Junge tauchte aus dem Dunkel auf und blieb im silbernen Sternenlicht wie angewurzelt stehen. «Was ... was macht ihr hier?» Er hielt einen Bleistift und eine frische Zeichnung in der Hand.

«Wir haben dir Essen gebracht.» Raffi stützte die Fäuste in die Hüfte. «Und du hast eine Perlenkette geklaut! Warum hast du das getan?»

«Ich ...» Der Junge wich einen Schritt zurück. «Ich hab nichts genommen!»

«Doch», stellte Simon fest. «Du brauchst es gar nicht erst abzustreiten.»

Der Junge bückte sich, legte Stift und Papier zu Boden und hob dafür etwas anderes hoch.

Eine Eisenstange.

Er hielt sie drohend vor sich in die Luft.

«Die reiche Frau merkt doch gar nicht, dass die Kette fehlt!», stieß er hervor. «Aber ich brauche sie ganz dringend, um mein neues Leben am neuen Ort zu beginnen!»

Verzweifelt deutete der Junge mit der freien Hand auf seine schmutzige Zimmerboy-Uniform. «Außer der Kleidung hier hab ich doch nichts – rein gar nichts! Die Kette kann ich verkaufen, um mir Essen und ein Zimmer zu besorgen und zur Schule zu gehen – ich will Zeichner werden ...»

Er huschte an den Kids vorbei, beugte sich ins Rettungsboot und nahm etwas heraus.

Dann biss er hungrig in eines der Brötchen vom Tablett und wich wieder zurück.

«Wie heißt du denn?», fragte Raffi.

«Mojo», mampfte er und verschlang das Sandwich mit wenigen Bissen.

Debora schaute ihn ernst an. «Hör mal, Mojo, die Perlenkette musst du wieder zurückgeben, es geht nicht anders. Du …»

Ruckartig wandte Mojo sich um und verschwand in der Dunkelheit.

Die Kids rannten zur Ecke.

Im Finstern war von dem Jungen keine Spur mehr zu sehen.

«Der ist weg», murmelte Simon. «Lasst uns die Perlenkette holen, um sie der alten Dame zurückzubringen. Dann ist Putu wenigstens den Diebstahl-Verdacht los.»

«In Ordnung.»

Die Kids gingen zum Rettungsboot zurück.

Unterwegs hob Simon die Zeichnung auf, die Mojo zu Boden gelegt hatte. Sie zeigte die Sternennacht auf dem glitzernden Meer.

«Woa», machte Raffi. «Der kann aber gut zeichnen!»

Debora nickte. «Unglaublich. Das ist wunderschön.»

Simon legte die Zeichnung ins Boot hinein und wollte nach der Kette greifen.

Doch er fasste ins Leere.

Er beugte sich tiefer vor und musterte alles ganz genau.

Da lag keine Kette mehr. Nur noch das zerrissene

T-Shirt neben den anderen Sachen und dem überquellenden Essenstablett.

«Die Kette ist weg!», stieß Simon hervor. «Mojo hat sie mitgenommen!»

«Das gibt's doch nicht!», stöhnte Debora. «Mann!»

Raffi verzog den Mund. «Und was machen wir jetzt?»

«Keine Ahnung», seufzte Simon. «Jetzt haben wir ein echtes Problem!»

«Lasst uns Opa fragen», schlug Debora vor. «Er konnte uns bisher immer einen Rat geben, wenn wir nicht mehr weiterwussten.»

«Okay, gute Idee», lächelte Raffi. «Zischen wir gleich los zu ihm!»

Der Plan

10

Die Kids fanden Opa im Wohnzimmer ihrer Kabine. Er saß auf dem Sofa, hörte sich einen Krimi auf CD an und nahm die Kopfhörer ab, als sie hereinkamen. Zwockel räkelte sich gemütlich vor ihm auf dem Teppichboden.

Die Kids erzählten Opa aufgeregt, was sie mit dem blinden Passagier erlebt hatten.

«Was sollen wir nun tun?», fragte Debora.

Der alte Mann überlegte.

Im Zimmer knackten die Fugen der Möbel wegen den Bewegungen des Schiffs im Seegang.

Das nächtliche Rauschen des Meeres drang durch die offene Balkontür herein.

Opa räusperte sich. «Mojo könnte Putu helfen, indem er die Kette zurückgibt.»

«Ja, aber er hat nichts außer seinen Kleidern», wandte Raffi ein. «Er kommt ganz allein in ein neues Land …»

«… und hat kein Geld für ein Dach über dem Kopf oder etwas zu essen», führte Debora aus. «Wie soll er da überleben? Wie soll er so den Start in ein neues Leben schaffen?»

«Hmm …» Opa fuhr sich über seinen dichten Schnurrbart. «Kann der Junge irgendetwas, mit dem er ein bisschen Geld verdienen könnte?»

Die Kids überlegten. «Wir kennen ihn ja nicht so gut …»

«Hey!» Simons Augen leuchteten. «Er kann super zeichnen. Vielleicht ließe sich damit was machen.»

«Gut.» Opa begann zu lächeln. «Ich hätte da schon eine Idee.»

Debora sah ihn fragend an. «Und die wäre?»

«Der Junge könnte Zeichnungen von euch malen, und ich kaufe sie ihm ab. Eure Eltern freuen sich bestimmt über schöne Erinnerungsbilder aus eurem Urlaub auf der Ocean Queen. Drei Bilder, das gibt doch schon mal ein Startgeld.»

«Fünf Bilder!», rief Raffi. «Von dir und Zwockel wollen Mum und Dad sicher auch eins!»

Opa schmunzelte. «In Ordnung, fünf Bilder. Und wenn andere Leute die Zeichnungen sehen, wollen sie vielleicht auch welche machen lassen.»

«Zusätzlich könnten wir ja noch was für Mojo zusammenlegen», schlug Simon vor. «Ich würde auf jeden Fall von meinem Taschengeld was beisteuern, wenn ich ihm damit helfen kann.»

Debora nickte entschlossen. «Ja, ich bin dabei!»

«Ich auch!», rief Raffi.

Opa nickte versonnen. «Mojo kann also etwas für seinen Start tun – aber wo könnte er schlafen? Ist Putu immer noch in der Zelle?»

«Leider ja», antwortete Simon.

«Putus Bett ist somit vorläufig frei», brummte Opa. «Bis Putu freigelassen wird, könnte doch Mojo in seiner Kabine schlafen, um nicht mehr auf den harten Planken im Rettungsboot übernachten zu müssen.»

«Super Idee!», strahlte Simon. «Ich werde das morgen gleich mit Wayan besprechen.»

«Und hungern muss Mojo auch nicht mehr», lächelte Raffi. «Ich bringe ihm von jetzt an jeden Tag was zu futtern in die Kabine!»

Debora beugte sich zu Großvater. «Ich hab dich lieb, Opa!» Sie drückte dem alten Mann einen Kuss auf die Wange.

«Ich euch auch, und wie!» Schmunzelnd setzte er die Kopfhörer wieder auf. «Dann geh ich jetzt zurück ins neblige London – die gute alte Miss Marple muss dringend einen kniffligen Fall lösen!»

«Okay, bis später!» Die Kids standen auf und gingen in ihr Zimmer hinüber.

Dort staunten sie nicht schlecht.

Auf Deboras Kissen lag eine rote Rose.

«Oho!» Simon und Raffi zwinkerten ihr zu. «Von wem könnte die wohl sein?»

Debora nahm die Rose vom Kissen und legte sie auf ihren Nachttisch.

«Wayan, Wayan …», murmelte Simon. «Aber so denkt er wenigstens nicht immer an seinen Bruder in der Zelle.» Er trat zu seinem Bett und wurde gleich eines Besseren belehrt.

Auf seiner Decke lag ein Zettel mit einer handgeschriebenen Nachricht:

Ich weiß jetzt, wie wir
zu Putu gelangen können!
Wayan

Am nächsten Morgen fand Simon Wayan nach einigem Suchen auf dem Luxus-Deck.

Der Zimmerboy eilte gehetzt im schwersüßen Fliederduft den Flur entlang.

«Hey!», rief Simon. «Hallo, Wayan!»

«Sorry, keine Zeit», seufzte der Junge. «Ich muss zu Miss Radderford, und wenn ich eine Sekunde zu spät komme, macht sie mir Riesenprobleme!»

«Okay, nur eine Bitte, Wayan – mach die Tür nachher nicht ganz zu, wenn du wieder rauskommst. Ist das möglich?»

«Welche Tür?»

«Na, die von Miss Radderfords Suite.»

Wayan sah ihn erstaunt an. «Willst du etwa was klauen da drin?»

«Im Gegenteil», schmunzelte Simon spitzbübisch. «Ganz im Gegenteil.»

«Okay … Weil du's bist.» Wayan blieb vor der Tür mit dem prunkvollen Namensschild der alten Dame stehen.

Dann holte er tief Luft und klopfte an.

«Danke!» Simon huschte davon und verschwand in dem Gesäusel klassischer Musik, das aus den Deckenlautsprechern drang, um die Ecke.

Wenig später war Simon schon wieder auf dem Luxus-Deck der Ocean Queen, doch diesmal waren seine Schwestern und Mojo dabei.

Eigentlich hatte Mojo die Perlenkette unbedingt behalten wollen. Doch als er hörte, dass er durch deren Rückgabe Putu helfen könnte, bekam er Mitleid und erklärte sich einverstanden.

Zudem war es sicher kein Nachteil, dass die Kids ihm von seinem neuen Job als Zeichner erzählten und ihm ihr gesammeltes Taschengeld in die Hand drückten.

«Ich kann nicht besonders gut malen», wiegelte er bescheiden ab. «Aber ich will es richtig lernen und eines Tages vom Zeichnen leben können.»

«Das wirst du ganz bestimmt», sagte Debora. «Du hast großes Talent.»

«Danke ...» Der zerzauste Junge schaute zu Boden.

Dann hob er den Blick wieder und musterte Simon fragend. «Wie soll die Perlenkette jetzt zurück in die Suite der alten Dame gelangen?»

«Na, genauso, wie sie rausgekommen ist», erklärte Simon. «Du hast sie rausgekriegt, also kriegst du sie auch wieder rein.»

Mojo bekam ganz große Augen. «Aber dann lässt mich die Dame doch verhaften! Ich lande in der Zelle wie Putu!»

«Nein, nein», sagte Debora. «Wir haben uns einen Plan ausgedacht.»

«Na, da bin ich ja mal gespannt», murmelte der Junge bange.

In diesem Moment klappte die Tür von Miss Radderfords Suite auf.

Wayan kam heraus.

Wie versprochen ließ er die Tür nicht einschnappen, sondern lehnte sie nur an.

Er stellte den Servicewagen mit dem benutzten Geschirr im Flur ab und eilte Richtung Crew-Lift davon.

«Es geht los!» Raffi sah Mojo an. «Du schleichst ins Zimmer rein, wenn die Frau gerade nicht hinsieht, und legst die Perlenkette schnell irgendwo hin.»

«Und dann verschwindest du einfach wieder», ergänzte Debora.

«Genau», lächelte Simon. «Rein – raus. Und schon ist die Sache erledigt.»

«Rein – raus», stöhnte Mojo. «Das ist der ganze Plan? Ihr seid gut!»

«Du schaffst das.» Simon gab ihm einen Klaps auf den Rücken.

Mojo atmete tief durch. «Na dann ...»

Entschlossen huschte er los, den Flur entlang zum Zimmer von Miss Radderford.

Davor hielt er an.

Vorsichtig schob er die Tür ein wenig auf und linste in den Salon hinein.

Er blickte zu den Kids zurück und hob den Daumen.

Dann schlüpfte er durch die Spalte rein.

Und dann war er drin in der Luxus-Suite.

Das gefährliche Versteck

11

Mojo huschte durch Miss Radderfords Salon und überlegte fieberhaft, wo er die Perlenkette am besten hinlegen sollte. Die alte Dame stand draußen auf der Veranda und rauchte einen Zigarillo mit silberner Spitze. Es sah ganz so aus, als hätte er einen Moment Zeit.

Die Stelle für die Kette sollte nicht zu auffällig sein, sonst würde die Dame sofort merken, dass die Perlen vorhin nicht dort gelegen hatten.

Eine Schublade am Schreibtisch wäre gut geeignet. Da drin würde die Kette irgendwann zum Vorschein kommen, und alle würden annehmen, die wohlhabende Dame hätte sie bloß verlegt.

Mojo eilte zum Tisch.

Fasste an den Griff eines Schubfachs, um es aufzuziehen.

Da hörte er hinter sich ein Geräusch.

Erschrocken fuhr er herum.

Die Dame kam von der Veranda zurück.

Oh Mann, wo sollte er jetzt bloß hin?

Zur Eingangstür würde es nicht mehr reichen – er musste sich irgendwo im Raum verstecken.

Kurzentschlossen kroch er unter den Tisch und zog den Stuhl dicht heran.

Schon trat Miss Radderford in den Salon.

Sie kam ausgerechnet auf den Tisch zu.

Unmittelbar davor blieb sie stehen.

«Wo ist denn die Brille?», murmelte sie und wühlte in den Dingen auf der Schreibfläche herum. «Ich hab sie doch hier hingetan!»

Die bestrumpften Beine der alten Dame standen direkt vor Mojos Augen.

«Pah!», stieß sie hervor. «Dann mach ich meinen Morgenspaziergang eben ohne Sonnenbrille!»

Genervt stapfte sie zum Ausgang.

Doch dort stutzte sie.

«Was ist das?» Misstrauisch musterte sie die angelehnte Tür. «Hat Wayan etwa nicht richtig zugemacht? Na, der kriegt was zu hören!»

Damit trat die reiche Lady hinaus.

Und Mojo atmete auf.

Doch in dem Raum roch es nach verschiedenen Parfüms und nach Zigarillos – und von diesem Mix musste er beim tiefen Durchatmen beinahe niesen.

Er drückte die Nase mit den Fingern zusammen.

Aber es juckte immer stärker.

Mojo hielt es fast nicht mehr aus.

Und dann …

… nieste er so leise, wie es nur ging.

Doch das war immer noch zu laut.

Viel zu laut.

Miss Radderford schnellte am Ausgang herum.

«Was war das?»

Die alte Dame kam langsam zurück durch den Salon auf den Schreibtisch zu, wo sie das Geräusch gehört hatte.

Mojo wagte keine Regung mehr und hielt die Luft an.

Am Tisch fasste die Dame den Stuhl an der Lehne, um ihn wegzuziehen.

Und dann ...

... klirrte und klimperte es draußen im Flur laut auf.

Miss Radderford fuhr herum.

Durch die offene Tür sah sie, wie ihr Silberbesteck vom Servicewagen auf den Gangboden hinuntergefallen war.

«Das ist ja wohl das Allerletzte!», zischte sie und stapfte entrüstet raus.

Im Flur war Simon gerade daran, das Besteck wieder auf den Wagen zu legen.

«Tut mir leid, tut mir leid», beschwichtigte er die Dame. «Ich bin ja so tollpatschig! Bitte entschuldigen Sie, Miss Radderford!»

«Ach, *du* warst das», sagte die Dame schon viel versöhnlicher und schüttelte den Kopf. «Was ist in letzter Zeit bloß los? Zuerst ruiniert mir Wayan die Muscheln, dann verendet mein Orchideen-Strauß jämmerlich, dann werden meine geliebten Perlen geklaut, und jetzt geht auch noch mein kostbares Silberbesteck vor die Hunde! Was läuft hier eigentlich ab, du meine Güte?»

Seufzend verzog Miss Radderford den Mund. «Jetzt brauch ich erst mal dringend ein bisschen frische Meeresluft!»

Simon reichte ihr den Arm. «Darf ich Sie begleiten, Madame?»

«Oh, galant, der junge Herr! Scheint in der Familie zu liegen! Sieht man selten heutzutage. Die Jugend von heute hat ja nur Flausen im Kopf … Moment, ich muss nur noch rasch im Salon nachschauen. Hab da drinnen etwas Verdächtiges gehört!»

Die Dame ging zurück in ihre Suite und trat schnurstracks auf den Schreibtisch zu.

Simon hielt den Atem an.

Jetzt konnte er nichts mehr für Mojo tun.

Jetzt war der Junge geliefert in seinem Versteck!

Miss Radderford fasste den Stuhl an der Lehne an.

Und zog ihn mit einem Ruck zur Seite.

Unter dem Tisch war …

… nichts.

Nur gähnende Leere.

Und ein Papiertaschentuch.

Sonst nichts.

Simon wagte wieder zu atmen.

Offenbar hatte es Mojo geschafft, sich in der Zwischenzeit anderswo zu verstecken.

Die Frage war bloß, wo.

Mojo stand in Miss Radderfords Badezimmer hinter einem aufgehängten Morgenmantel und versuchte, möglichst keine Geräusche zu machen.

Drüben im Salon prustete die alte Dame auf. «Pff, pff, pff! Ich hätte schwören können, da war was! Jetzt höre ich schon Gespenster – die ganze Sache macht mich langsam verrückt!»

Im Bad betrachtete Mojo die Perlenkette in seiner Hand. Er war sie immer noch nicht losgeworden …

Erneut dachte er nach, wo er sie hinlegen konnte.

Da fiel sein Blick auf den Wäschekorb vor ihm.

Kurzentschlossen warf er die Kette hinein. Sie sank zwischen den Kleidungsstücken in die Tiefe und war jetzt von oben nicht mehr zu sehen.

Drüben verließ die alte Dame in diesem Moment die Suite. «Bevor ich oben Meeresluft inhaliere, muss ich jetzt erst einmal zum Schiffsarzt», verkündete sie. «Mein Herz pumpt wie wild. Bei der ganzen Aufregung ist das ja kein Wunder!»

«Ich begleite Sie auch dorthin», antwortete Simon im Flur. «Wohin immer Sie wollen, Madame.»

«Galant, galant – ganz der Großpapa!» Die Lady zog die Kabinentür von außen ins Schloss.

Na super, dachte Mojo. Jetzt war er in der Suite eingeschlossen! Denn er kannte den PIN-Code dieser Kabinentür ja nicht …

Leise schob er den Morgenmantel zur Seite.
Ging durchs Bad und schaute hinaus.
Da war niemand.
Rasch huschte er durch den Salon zur Veranda.
Da draußen am Geländer schaute er hinab zur Reling des nächsten Decks.
Ein zufriedenes Lächeln legte sich auf sein Gesicht.
Eine kleine Kletterpartie, und er wäre in Freiheit.
So was war für ihn ein Kinderspiel.
Zum Glück.

Die Durchsuchung

12

Die Schiffsklinik hatte ein rotes Kreuz mit der Inschrift «Hospital» auf der Tür.

Simon öffnete sie und hielt sie für Miss Radderford auf.

Die alte Dame trat ohne Umschweife zum Empfang. «Den Herrn Doktor, bitte!», fuhr sie die Frau im weißen Kittel an.

«Tut mir leid, der behandelt gerade jemanden», antwortete die Assistentin mit künstlichem Lächeln.

«Ich bin dringender», erwiderte Miss Radderford unbeeindruckt. «Holen Sie den Doc, aber ein bisschen plötzlich.»

Die Assistentin trat seufzend zu einer Tür, machte sie einen Spalt weit auf und raunte ins Behandlungszimmer hinein: «Miss Radderford zur täglichen Audienz.»

Sie ließ gleich offen. Während sie zum Empfang zurückkam, blickte sie entschuldigend zu der schwangeren jungen Frau, die schon lange im Wartebereich saß.

Der Schiffsarzt erschien an der Theke. «Na, Miss Radderford, wo drückt denn heute der Schuh?»

«Die schrecklichen Muscheln gestern», stieß die kleine

Dame hervor. «Da ist mir nur schon vom Anschauen schlecht geworden! Ich fühle mich ganz komisch.»

«Wie viele haben Sie denn gegessen?»

«Natürlich keine! Ich bin ja nicht lebensmüde!»

Der Arzt lächelte. «Da kann ich Sie beruhigen, Miss Radderford. Man wird nicht von etwas krank, das man gar nicht gegessen hat.»

Die Dame griff sich ruckartig ans Herz. «Die ganze Aufregung wegen der fehlenden Perlen – ich bekomme womöglich bald einen Herzanfall!»

«Da habe ich etwas für Sie.» Der Schiffsarzt bückte sich, nahm eine Schachtel aus dem niedrigen Regal und legte sie vor die alte Dame hin.

Die Lady hob die Schachtel nahe vor ihre Augen, um die Aufschrift zu entziffern. «Seit wann soll Traubenzucker gut fürs Herz sein?»

«Das ist heute genau das Richtige für Sie», versicherte der Arzt.

Simon sah die Dame an. «Gehen wir uns jetzt den Ozean anschauen – der ist doch sicher besonders schön zu dieser Tageszeit.»

«Gute Idee, mein Junge, gute Idee. Du bist wirklich aus demselben Holz geschnitzt wie dein Großpapa!»

In diesem Moment öffnete sich die Eingangstür der Schiffsklinik.

Der blonde Mann mit dem Halstüchlein wankte herein. Mister Webbers Gesicht war von Schweißperlen bedeckt. Er stützte sich an die Empfangstheke, als müsste er gegen meterhohe Wellen ankämpfen.

«Bitte schnell», hauchte er. «Eine neue Packung Medikamente gegen Seekrankheit.»

«Das ist doch lachhaft!» Miss Radderford verdrehte abschätzig die Augen. «Das Meer ist ja spiegelglatt!»

«Hier, Mister Webber.» Der Arzt nahm eine Pillenschachtel von dem Stapel auf der Theke. «Sie dürfen sich bei Bedarf selbst bedienen. Dieses Medikament steht Gästen und Crew kostenlos zur Verfügung.»

«Geben Sie mir auch zwei davon!», befahl Miss Radderford. «Falls noch stürmischere Zeiten auf mich zukommen!»

Simon holte zwei Schachteln und gab sie der Lady. «Ich hätte jetzt Lust auf ein Eis», sagte er. «Sie auch?»

Miss Radderford lachte auf. «Ich hab schon seit hundert Jahren kein Eis mehr geschleckt! ... Aber ... vielleicht ist das ja gar keine so schlechte Idee. Warum nicht!»

Simon hielt ihr den Arm hin. «Kommen Sie, ich hab gerade genug Geld für zwei Wassereis dabei, ich lade Sie ein!»

Die alte Dame hakte sich bei ihm unter und hatte ein Strahlen im Gesicht wie schon lange nicht mehr.

Das Mädchen vom Wäschedienst brachte gerade Miss Radderfords Suite in Ordnung. Ketut beeilte sich dabei, denn sie bekam nur wenige Cent pro Kabine.

Nach getaner Arbeit nahm sie den Wäschekorb und fuhr mit dem Crew-Lift hinab ins Unterdeck.

In der Wäscherei sortierte sie im Lärm der riesigen Waschmaschinen und des eifrigen Treibens rund um sie herum die Sachen aus dem Wäschekorb.

Plötzlich stockte Ketut: Sie hielt etwas Kaltes, Hartes in der Hand.

Das war eindeutig kein Kleidungsstück.

Sie sah es sich an.

Es war eine Perlenkette.

Vorsichtig blickte sie sich um.

Niemand schaute hin, alle waren mit Hochdruck beschäftigt.

Ketut ging zu einem Waschbecken an der Wand, legte sich die Kette um den Hals und bewunderte ihr Bild im Spiegel.

In diesem Moment ging die Sicherheitstür daneben auf.

Blitzschnell ließ Ketut die Kette hinter ihrem Rücken verschwinden und schob sie dort unter das Uniformbändchen.

Ein Security-Mann trat in den Raum.

Misstrauisch musterte er Ketut. «Was hast du da?»

«Nichts», antwortete sie verschüchtert.

«Dann zeig mir deine Hände!»

Sie sah ihn aus geweiteten Augen an.

Dann hob sie ganz langsam die Hände und streckte sie ihm hin.

Sie waren leer.

Im lauten Dröhnen der Wäscherei schauten einige Angestellte herüber, was hier los war.

In diesem Augenblick kamen auch Wayan und Debora

dazu. Sie waren im Crew-Bereich unterwegs, weil Wayan Debbie die schönste Stelle auf dem Schiff zeigen wollte.

Wayan beugte sich unauffällig vor und flüsterte Debora etwas ins Ohr.

Die beiden schlenderten weiter.

Debora ging dicht hinter Ketut durch.

Vor dem Mädchen trat der Security-Mann näher und befahl: «Umdrehen!»

Ketut nickte ängstlich.

Drehte sich widerstrebend um.

Der Beamte musterte ihren Rücken.

Da war nichts.

Nur das Bändchen der Uniformschürze. Ein klein wenig ausgebeult, aber leer.

Wayan und Debora verließen die Wäscherei und traten in einen düsteren Crew-Flur.

Dort blickte Debora mit großen Augen und etwas zittrig auf ihre geschlossene Hand hinunter.

Ihre Hand mit der Perlenkette drin.

Der Verdacht

13

«Jetzt ist die Kette schon wieder bei uns!», stöhnte Wayan. «Irgendwie werden wir das Teil einfach nicht los!»

«Ich habe eine Idee», sagte Debora. «Wir fragen Opa, ob er der alten Dame die Kette bringt. Er versteht sich ja so gut mit ihr wie sonst keiner.»

«Gute Idee», fand Wayan.

Debora sah sich in dem betongrauen Crew-Flur um. «Warum sind wir eigentlich hier? Du wolltest mir doch die schönste Stelle auf dem Schiff zeigen.»

«Kleiner Umweg», lächelte der Junge. «Damit ich länger mit dir zusammen sein kann.»

Er sah sie an und neigte langsam sein Gesicht zu ihrem Mund vor.

Debora zog den Kopf weg. «Hey, nein!»

Sie blickte ihn ernst an.

«Wayan, du darfst dir keine Hoffnungen auf mich machen! Ich habe einen Freund und bin bis über beide Ohren in ihn verliebt. Ich finde dich wirklich nett, aber ich bin schon vergeben.»

«Oh.» Enttäuscht ließ er den Kopf sinken. «Das wusste ich nicht.»

«Kein Problem, ist ja nichts passiert.»

Wayan hob den Blick wieder und schaute sie abwartend an. «Soll ich dich zu deinem Opa bringen?»

«Nicht gleich», lächelte sie. «Erst möchte ich doch wissen, welches für dich die schönste Stelle auf dem Schiff ist.»

Nun lächelte auch der Junge wieder.

«Okay, komm mit.»

Wayan führte Debora zur Arbeiter-Kantine im Unterdeck der Ocean Queen.

In dem großen Raum wurde gelacht und geplaudert. Viele Sprachen schwirrten durcheinander, unterschiedlichste Essensdüfte hingen in der Luft.

An den Wänden hingen Bilder mit Landschaften und Städten aus vielen Ländern.

Wayan ging mit Debora zu einer Ecke und wies auf ein Bild. «Das ist meine Heimat».

Das Bild zeigte einen dicht bewaldeten Abhang, der zu einem palmengesäumten Strand am klaren blauen Meer führte.

Daneben hingen große Muscheln in einem Fischernetz an der Wand.

«Wir durften unsere Ecke selbst dekorieren», erklärte Wayan. «Hier essen viele aus unserem Land.»

Debora betrachtete das Bild. «Wunderschön», seufzte sie. «Sieht ein bisschen aus wie das Paradies.»

«Ist es auch», murmelte Wayan. «Leider gibt es auf der Insel keine Arbeit. Putu und ich haben als Einzige in unserer Familie ein Einkommen – wir machen die Jobs hier gern, aber wir wären auch liebend gern zu Hause bei unseren Leuten.»

Debora nickte. «Das kann ich gut verstehen. Und auch, dass dies hier für dich die schönste Stelle auf dem Schiff ist.»

Die Kids brachten nach ihrem Mittagessen ein Tablett voller Leckereien hinab in die Arbeiterkabine, wo Mojo nun vorübergehend Putus Platz belegte.

Und Opa – der hatte Lust auf einen guten Kaffee.

Wenig später klopfte er im schweren Fliederduft des Luxus-Decks an Miss Radderfords Tür.

Die kleine Dame öffnete. «Oh, was für eine Überraschung!», rief sie entzückt.

Dann fiel ihr Blick auf Zwockel.

Sie begann zu lächeln und sagte: «Ich liebe Hunde! Schade, dass es so selten welche an Bord gibt. Kommt rein, ihr zwei Hübschen!»

«Einen wunderschönen guten Tag, Miss Radderford», schmunzelte Opa.

«Sie dürfen mich Margaret nennen», säuselte die Dame. «Gehen wir doch erst mal an die frische Luft.»

Die Lady führte den alten Mann vorsichtig auf die Veranda ihrer Suite.

Dort zündete sie sich einen Zigarillo mit langem silbernem Mundstück an und blies Rauch aus.

So viel zum Thema frische Luft, dachte Opa. «Zum Glück rauchen Sie nicht drinnen», sagte er und wedelte den Qualm vor seinem Gesicht weg.

«Das würde einen Feueralarm auslösen.» Miss Radderford kicherte. «Hab ich früher oft gemacht. Aber nach zehn Feueralarmen haben die mir doch tatsächlich gedroht, meine Suite zu kündigen!»

Die Dame nahm einen tiefen Zug aus ihrem Zigarillo. «Das ist wirklich schade, denn bei einem Feueralarm geschieht endlich mal etwas an Bord. Es ist eine Riesengaudi, wenn die Leute alle um ihr Leben rennen!»

Sie blies Rauch aus. «Jetzt leiste ich mir das Vergnügen nur noch einmal pro Strecke. Zehntausend Euro Strafgebühr ist mir der Spaß allemal wert.»

Opa ließ sich auf der Veranda der Luxus-Suite den milden Fahrtwind ins Gesicht wehen. «Sie fahren von einem Paradies zum nächsten», schwärmte er. «Ein Traum, das Leben auf dem Schiff!»

Die alte Lady betastete mit der freien Hand ihre hochgetürmte Frisur und seufzte. «Ach, wissen Sie, genau genommen weiß ich meistens gar nicht, wohin wir fahren. Was spielt es für eine Rolle, was für einen Hafen ich ansteuere? Was spielt es für eine Rolle, was ich als Nächstes serviert bekomme … Es ist alles einerlei – im Grunde genommen. Und Ausflüge an Land mache ich schon lange nicht mehr, die bereiten alleine gar keinen Spaß.»

«Gibt es denn niemanden, mit dem Sie solche Erlebnisse teilen könnten?», fragte Opa. «Haben Sie keine Kinder oder Verwandten?»

«Ach was!» Miss Radderford machte eine wegwerfende Handbewegung. «Die sind froh, wenn ich weg bin!»

«Und an Bord des Schiffes – was haben Sie denn hier für Bekanntschaften?»

Die Dame legte ihre Stirn in Falten.

«Tja, nicht so viele. Da ist Wayan … und der Schiffsarzt … und seine Assistentin … Aber die können mich alle nicht leiden. Ja, und beim Kapitän sitze ich auch einmal pro Strecke am Tisch zum Dinner.»

«Da haben Sie aber nicht gerade viel Gesellschaft.»

Sie schüttelte den Kopf. «Jeder kümmert sich nur um sich. Ich auch.»

«Es kann aber schön sein, sich um jemand anderen zu kümmern», wandte Opa ein. «Jemandem etwas Gutes zu tun.»

«Was?» Miss Radderford bekam einen Hustenanfall. «Warum das denn?»

«Das Glück zu teilen ist etwas Schönes», erklärte Opa. «Sie kennen sicher das Sprichwort: Geteiltes Glück ist doppeltes Glück.»

«Nein, das kenne ich nicht», winkte sie ab. «Und es stimmt auch gar nicht. Das ginge ja schon rechnerisch nicht auf – wenn man eine Million Euro durch zwei teilt, hat man nachher nur noch eine halbe Million, nicht zwei. Oder sind Sie da etwa anderer Meinung?»

«Rechnerisch haben Sie recht.» Opa nickte versonnen. «Aber es gibt noch eine andere Auffassung. Soll ich Ihnen erklären, wie ich es verstehe, Margaret?»

«Sehr gerne.» Sie drückte den Zigarillo im Aschenbecher aus. «Kommen Sie, wir setzen uns in den Salon.»

«Jetzt bin ich aber gespannt!» Miss Radderford lächelte Opa auf ihrem Sofa erwartungsvoll an.

Zwockel räkelte sich zu ihren Füßen auf einem sagenhaft wertvollen Orientteppich aus dem alten Persien.

«Gut.» Opa strich sich über seinen Schnurrbart. «Also, stellen Sie sich vor, Margaret, eine Reisegruppe besucht einen Redner. Der beginnt zu sprechen, alle setzen sich hin und hören zu. Gegen Abend bekommen sie aber Hunger. Sie sind sehr viele, rund fünftausend Männer – die Frauen und Kinder zählt man in der Zeit noch gar nicht mit, die sind aber auch da.»

Großvater räusperte sich, dann sprach er weiter. «Die Helfer des Redners wollen die Leute wegschicken, damit sie sich in der Umgebung etwas zu essen holen. Doch der Redner sagt: ‹Gebt ihr ihnen zu essen!› Die Helfer heben die Schultern und sagen: ‹Wir haben nur fünf Brote und zwei Fische, das reicht doch niemals für alle.› Da nimmt der Redner die Brote, blickt zum Himmel auf, spricht ein

Dankgebet und teilt allen Reisenden aus, so viel sie wollen. Dasselbe wiederholt er mit den Fischen.»

«Eine wundersame Vermehrung», schmunzelte Miss Radderford. «Der Redner heißt nicht zufällig Jesus, oder?»

«Sie kennen sich aus!»

Die Dame winkte ab. «Nicht wirklich. Wie geht's weiter?»

«Nun ... als alle Reisenden satt sind, sammeln die Helfer die übriggebliebenen Brocken ein, damit nichts verloren geht. Sie füllen zwölf Körbe mit den Brocken, die von den fünf Broten übriggeblieben sind.»

Opa hob den Kopf. «Sie sehen, Margaret, hier wurde durch das Teilen mehr, als vorher da war.»

«Sieht ganz so aus», schmunzelte sie. «Dieser Jesus ist wohl ein Zauberer.»

«Er bezaubert die Herzen der Menschen.»

Sie musterte den alten Mann und sagte: «So wie Sie!»

«Schön, wenn Sie seine Spuren in meinem Leben entdecken können.» Opa räusperte sich. «Und? Halten Sie's jetzt auch für möglich – wo Gutes getan wird, vermehrt es sich?»

«Naja.» Miss Radderford stand auf und ging zu ihrer edlen Kaffeemaschine. «Mir hat noch nie jemand etwas Gutes getan, wieso sollte *ich* es dann machen?»

«Um sich selbst etwas Gutes zu tun», antwortete Opa. «Weil Ihr Leben dann schöner wird.»

Sie blickte auf. «So, wie *Sie* das sagen ...»

Auf ihr Gesicht legte sich ein feines Lächeln.

«Da fällt mir doch noch etwas Erfreuliches ein», sagte

sie beschwingt. «Neulich hat mich ein freundlicher junger Mensch zum Eis eingeladen!»

«Oh, dieses Heitere in Ihrer Stimme gefällt mir», lächelte Opa. «Das steht Ihnen gut, Margaret, richtig gut.»

«So, bitteschön.» Miss Radderford stellte eine dampfende kleine Kaffeetasse vor Opa auf das Tischchen beim Sofa. «Das ist Black Ivory», eröffnete sie. «Eine der beiden feinsten Kaffeesorten der Welt. Serviere ich nur ganz speziellen Gästen in meiner Suite.»

«Ich fühle mich geehrt.»

Opa beugte sich vor und hob die Tasse an seine Nase. «Mmmh, riecht köstlich!»

Genießerisch nahm er einen Schluck.

«Ahh, herrlich!»

Auch die reiche Lady nippte genüsslich an ihrer Tasse.

«Ausgezeichnet», schwärmte Opa. «Woher stammt denn dieser Kaffee?»

«Aus Thailand», antwortete die Dame. «Veredelt werden die Bohnen im Darm von Elefanten. Sie werden dem Futter beigemischt und anschließend aus dem Kot der Tiere herausgepickt.»

Opa stellte seine Tasse ab. «Die Bohnen waren im Kot von Elefanten drin?»

Miss Radderford nickte. «Genau. Für ein Kilo Kaffee benötigt es zehntausend Bohnen. Und um die zu bekommen, müssen den Dickhäutern dreißig Kilo Kaffeebohnen verfüttert werden.»

«Na, das ist mir dann doch ein wenig zu edel …» Opa rührte seinen Kaffee nicht mehr an.

Ganz im Gegensatz zu Miss Radderford, die sich gleich eine zweite Tasse holte.

Als die Dame wieder auf dem Sofa Platz nahm, holte Opa etwas aus seiner Innentasche. «Ich habe noch eine Überraschung für Sie, Margaret.»

Er hielt ihr die Perlenkette hin. «Sie ist wieder zum Vorschein gekommen.»

«Tatsächlich!» Überrascht nahm sie die Kette an sich und strahlte. «Wo ist sie denn gefunden worden?»

«In der Wäscherei», antwortete Opa. «Sie war im Wäschekorb.»

«Was?» Das Strahlen fiel ihr schlagartig aus dem Gesicht. «Wie sollte die Kette denn in die Wäsche gelangt sein?»

Opa schwieg.

«Wissen Sie, was?» Miss Radderford kniff die Augen zusammen. «Das Wäschemädchen hat die Perlen geklaut!»

«Nein.» Der alte Mann schüttelte den Kopf. «Ketut hat sie gefunden, nicht gestohlen.»

«Ja, hier in meiner Suite *gefunden.*» Die Dame verzog

den Mund und stand auf. «So kann man das auch nennen! In Wahrheit hat sie die Kette mitgehen lassen!»

Aufgebracht stapfte sie zu ihrem goldenen Telefon und hob den altmodischen Hörer ab. «Hallo», sagte sie hinein. «Verbinden Sie mich mit dem Security-Leiter! Ich habe eine Diebin zu melden!»

«Wollen Sie sich das nicht noch mal überlegen?», fragte Opa. Ihm tat die Sache mehr als leid – Ketut würde durch den Diebstahl-Verdacht bestimmt ihre Stelle verlieren und beim nächsten Halt das Schiff verlassen müssen …

Doch Miss Radderford ließ sich nicht mehr abhalten.

Als sie nach dem Telefongespräch zum Sofa zurückkam und einen Schluck von ihrem 2000-Dollar-Kaffee nahm, sagte der alte Mann: «Es ist ein echtes Abenteuer, Margaret: Geteiltes Glück ist doppeltes Glück. Wer das Gute teilt, vermehrt es – probieren Sie's mal aus, Sie werden erstaunt sein.»

Alarm in der Security-Zentrale

14

Die Kids machten sich in ihrer Kabine gerade fertig, um auf dem Sonnendeck im riesigen Schwimmbecken zu planschen und die dreistöckige Wasserrutsche zu erkunden.

Da bimmelte ein Glockenspiel – jemand hatte an ihrer Tür geklingelt.

Schnell rannten sie hin und öffneten.

Draußen stand Wayan. «Hey Simon, bist du bereit für unseren Trip zu Putu?»

«Jetzt gleich? Okay ...» Simon legte sein Badezeug hin, nahm seine Schlüsselkarte und folgte dem Jungen.

«Ich muss nur noch rasch einem seekranken Gast was bringen», sagte Wayan im Flur. «Dann kann's losgehen.»

An der Ecke musterte er den Wegweiser mit den Kabinennummern des Decks.

Dann bog er in einen Seitengang ab und eilte den teppichweichen, musikberieselten Flur entlang.

Vor einer Tür blieb er stehen und klopfte an.

«Ja», drang eine dünne Stimme heraus.

Wayan öffnete und ging hinein.

Simon wartete draußen. Durch die offenstehende Tür bekam er mit, wie Wayan in der Kabine ans Bett trat. Darauf lag Mister Webber. Sein blondes Haar klebte schweißnass an seinem Kopf.

«Auf den Nachttisch», murmelte er, ohne den Zimmerboy anzusehen, mit starr geradeaus gerichtetem Blick.

Wayan legte eine Pillenschachtel hin. Dann ging er ins Bad und kam mit einem kalten feuchten Waschlappen zurück, den er dem Mann auf die Stirn legte.

«Danke», hauchte Mister Webber.

«Gerne. Melden Sie sich, wenn Sie wieder was brauchen.» Der Junge wandte sich um und kam wieder heraus.

Leise schloss er die Tür. «Mister Webber ist so schwach, dass er die Pillen gegen Seekrankheit nicht mehr selbst beim Schiffsarzt holen kann. Gäste, denen es auf See so übel wird, tun mir echt leid.»

Er eilte zum Ende des Gangs und öffnete eine Tür.

Dahinter lag ein kleiner Balkon.

«Komm, Simon. Ich zeige dir den Weg zu Putu.»

Simon trat zu Wayan auf den windigen Balkon hinaus und schaute hinab. Weit unter ihm wogte das Meer. Weiße Schaumkronen zischten am schwarzen Bug entlang, wo die Ocean Queen durch das Wasser pflügte.

Wayan zeigte auf die Eisensprossen an der Außenwand

des Schiffs. «Wir klettern hier runter aufs Deck der Security-Zentrale.»

Simon stockte der Atem. «Was? Ist das der einzige Weg? Gibt's keinen im Inneren?»

«Leider nicht», antwortete der dunkelhäutige Junge. «Im Flur vor dem Eingang der Sicherheits-Zentrale ist eine Kamera – die lassen da nur Security-Leute rein. Das können wir vergessen.»

«Okay ...» Simon schluckte leer. Wenn er Putu aus dem Gefängnis raushelfen wollte, musste er hier diese Außentreppe runter – daran führte kein Weg vorbei, auch wenn's gefährlich war ...

Wayan sah ihn an. «Schaffst du das?»

Simon nickte entschlossen. «Ich versuch's!»

«Okay, ein paar wichtige Regeln», begann Wayan. «Lass immer beide Hände an der Sprosse, bis du beide Füße auf dem unteren Tritt hast. Bleibe möglichst dicht an der Wand. Und schau nicht runter!»

«Alles klar.»

«Gut», lächelte Wayan. «Dann kann's losgehen.»

Der Junge stieg übers Balkongeländer auf die Leiter hinüber und ließ sich flink nach unten gleiten.

Simon folgte ihm auf die Eisentritte.

Sofort zerrte der Fahrtwind an seinen Kleidern und schnitt ihm beinahe den Atem ab.

Trotzdem arbeitete er sich Sprosse für Sprosse vorsichtig in die Tiefe.

Auf halber Höhe konnte er's nicht lassen, nach unten zu blicken.

OCEAN QUEEN

Wayan war bereits auf der Sprosse über dem Sicherheits-Deck. Er deutete auf den schmalen Balkon der Security-Ebene.

Simon beugte sich vor und sah, dass eben jemand eine Zigarette im Aschenbecher an der Außenwand ausdrückte und dann im Innern verschwand.

Wachsam kletterte Simon die restlichen Eisensprossen hinunter.

«Bleib hier!», rief Wayan durch das Brausen des Windes hinauf. «Ich schau nach, ob die Luft rein ist!»

Der Junge sprang auf den Balkon und federte in die Knie.

Geduckt schlich er zur Tür und schaute durchs Guckloch hinein.

Nach einem kurzen Moment winkte er aufgeregt.

Simon sprang durch die stürmische Luft und landete auf dem schmalen Vorplatz. Neben ihm fegte der Wind Zigarettenkippen aus dem Aschenbecher.

«Bist du bereit?», fragte Wayan. «Im Flur ist gerade keiner zu sehen.»

Simon nickte. «Okay, los!»

Leise zog Wayan die Tür auf und schlüpfte hinein.

Simon folgte ihm mit klopfendem Herzen in die Sicherheits-Zentrale der Ocean Queen.

Auf dem Security-Deck war der Flur leer, doch aus Türen auf beiden Seiten drangen Stimmen und Pieptöne von Geräten heraus. Den Wänden entlang hing Sicherheitsausrüstung ohne Ende – Rettungswesten, Feuerlöscher, Verbandskästen …

Simon und Wayan schlichen angespannt den Gang hinunter.

Der Bodenbelag ließ ihre Schuhe quietschen. Sie versuchten, leiser aufzutreten, doch das führte bloß dazu, dass ihre Sohlen ein klebriges Schmatzen erzeugten.

Schließlich huschten die Jungs auf den Zehenspitzen weiter, das machte am wenigsten Lärm.

Ein Stück weiter sahen sie in einem großen Raum eine Wand voller Überwachungs-Monitore. Die Schirme zeigten Bilder aus allen Gäste- und Crew-Bereichen des ganzen Schiffs.

Plötzlich bog Wayan in einen Seitengang ab. Wortlos deutete er auf die Tür an dessen Ende und formte mit den Lippen das Wort «Putu».

Simon nickte und folgte ihm den Flur entlang.

Auf einmal heulte ein schriller Alarm los.

Wie angewurzelt blieb Simon stehen.

«Haben sie uns entdeckt?»

Wayan schüttelte den Kopf.

«Feueralarm. Komm schnell!»

Er zog ihn hinter ein Gestell mit Rettungsausrüstung.

Vorne im Hauptgang trappelten Schritte heran.

Die Jungs drückten sich mit angehaltenem Atem gegen die Wand.

«Los!», rief ein Security-Mann. «Löschtrupp ins Luxus-Deck! Los, los, los!»

Mit geübten Griffen nahmen die Männer feuerfeste

Kleider, Schutzausrüstungen und Feuerlöscher von den Haken, rannten damit zum Ausgang und verließen die Zentrale.

Der ohrenbetäubende Alarm erstarb so plötzlich, wie er angefangen hatte.

Eine unheimliche Stille erfüllte jetzt die Gänge.

Wayan spähte nach vorne.

«Keiner mehr da. Alles gut.»

«Mannomann.» Simon blies Luft aus. «Wenn wir hier bloß wieder heil rauskommen!»

«Rauskommen ist gut», flüsterte Wayan. «Erst mal müssen wir jetzt mit Putu reden, bevor wir ans Rauskommen denken.»

Simon sah sich um. «Gibt's hier drinnen eigentlich auch Kameras?»

«Nein, sich selbst müssen sie ja nicht überwachen.» Wayan huschte los, und Simon folgte ihm bis ans Ende des Flurs, wo Putu offenbar eingesperrt war.

Vor der geschlossenen Tür blieb Wayan stehen.

«Die Zelle», flüsterte er. «Da drin ist Putu».

Das geheime Kennwort

15

Simon musterte die geschlossene Holztür der Zelle. Würde Wayan sie öffnen können? Hatte er's irgendwie geschafft, einen Schlüssel aufzutreiben? Oder wie könnten sie denn sonst mit Putu reden?

Wayan trat zu der Tür neben der Zelle und öffnete sie. Mit einem Griff zog er Simon hinein und schloss ab.

Simon sah sich um.

Sie befanden sich im Mannschafts-Klo.

Verwundert runzelte er die Stirn. «Was ist los? Musst du etwa erst mal pinkeln?»

Wayan grinste und klopfte gegen die Wand zur Zelle – dreimal kurz hintereinander, zweimal mit langer Pause dazwischen, dreimal kurz hintereinander.

Gleich darauf ertönte von der anderen Seite dasselbe Klopfzeichen.

Simon staunte. «Woa …»

«Das machen wir schon seit unserer Kindheit so.» Wayan nahm die WC-Bürste und begann damit das Wasser im Klo in die Röhre zurückzudrücken, bis es nach hinten und unten ablief. «Das macht Putu jetzt drüben auch.

Dann können wir nachher durch die Rohre miteinander sprechen.»

Simon staunte immer mehr.

«Wo habt ihr denn das gelernt?»

«Bei uns ist mal die Polizei im Dorf vorgefahren und hat alle jungen Männer verhaftet. Sie sperrten uns ins Gefängnis, Zelle an Zelle, und dort haben wir rausgefunden, dass wir uns auf diese Weise unterhalten können. Einige von uns sind immer noch drin, andere wurden umgebracht.»

«Krass», murmelte Simon. «Was du schon alles erlebt hast – da bin ich ja in einer völlig anderen Welt aufgewachsen.»

«So, jetzt sollte es gehen.»

Wayan beugte sich über die leere WC-Schüssel und sprach hinein.

«Putu! Hörst du mich?»

«Wayan?», drang Putus Stimme dumpf heraus. «Mann, bin ich froh, dass du da bist! Wie komme ich bloß wieder aus dieser Klemme raus? Das ist so dumm gelaufen mit diesen Diamanten!»

«Was war denn da überhaupt?», fragte Wayan. «Hast du wirklich die Steine an Bord geschmuggelt?»

«Ja, aber nicht für mich!»

«Was? Sondern?»

«Für meinen alten Freund am Hafen.»

«Der hat dir die Steine gegeben?»

«Ja, er braucht das Geld von dem Deal dringend für seine Schwester in der Heimat – sie hat sich das Bein gebrochen und muss unbedingt operiert werden, sonst wachsen die Knochen falsch zusammen, dann humpelt sie ihr Leben lang. Aber du weißt ja, wie teuer eine Operation ist …»

«Wie hätte die Sache denn laufen sollen? Was hättest du mit den Diamanten machen müssen?»

«Beim nächsten Halt einem Mann geben, der sie abholt. Verstehst du, das ist schon alles.»

Wayan seufzte. «Das war trotzdem ein großer Fehler, Putu. Auch wenn du's nur für einen Freund getan hast, bist du an einem Schmuggel beteiligt!»

«Ich weiß! Was passiert denn jetzt mit mir?»

«Sie werfen dich beim nächsten Halt an Land und dort ins Gefängnis!»

«Nein! Ich will nie wieder ins Gefängnis – das ist die Hölle! Was sollen wir jetzt bloß machen?»

«Keine Ahnung», murmelte Wayan. «Ich habe wirklich keine Ahnung …»

Simon beugte sich über die WC-Schüssel und sprach hinein. «Putu, ich weiß vielleicht, wie wir dich hier rauskriegen könnten.»

«Was?», sagte Putu misstrauisch. «Wer ist das?»

«Ein Freund», antwortete Wayan. «Du kannst ihm vertrauen. Simon und seine beiden Schwestern sind auf unserer Seite.»

«Okay …» Putu zögerte. «Und wie willst du mir denn helfen, Simon?»

«Du sagtest doch, du hättest die Diamanten beim nächsten Halt einem Mann übergeben müssen. Wie sieht der aus? Hast du eine Beschreibung von ihm gekriegt?»

«Nein. Er hätte etwas Bestimmtes sagen müssen, damit ich sicher sein kann, dass er der Richtige ist.»

«Und wie lautet das?»

Putu zögerte erneut. «Wayan, kann man ihm wirklich vertrauen?»

«Ja, hundert Prozent. Schieß los, Putu!»

«Okay. Es lautet: ‹Caipirinha – mit Limette, ohne Eis!›»

«Gut», sagte Simon. «Und wo genau solltest du die Steine dem Mann übergeben? Wo auf dem Schiff ist der Treffpunkt für die Übergabe der Diamanten?»

«Auf dem Sonnendeck», antwortete Putu. «Beim nächsten Halt.»

«Okay.» Simon prägte sich den Treffpunkt und die Worte ein. «Wir werden versuchen, dich freizukriegen, indem wir den wahren Täter überführen.»

«Oh Mann», murmelte Putu. «Wenn das bloß gutgeht!»

«Es ist unsere einzige Chance», entgegnete Wayan. «Putu, halte durch – wir tun unser Bestes, um dich hier rauszuholen!»

«Alles klar.»

In diesem Moment geschah plötzlich etwas.

Von draußen drangen Geräusche ins Klo.

Die Jungs horchten aufmerksam hin.

Schwere Schritte kamen näher.

Immer näher.

Vor der geschlossenen WC-Tür hielten sie an.

Dann schnellte die Klinke runter und wieder rauf.

Und dann begann jemand an der Tür zu rütteln.

«He, Kumpel!», rief eine tiefe Stimme. «Mach auf, ich muss dringend!»

Der Trick

16

Simon und Wayan starrten geschockt zur Tür des Mannschafts-Klos.

«Mach endlich auf!», rief der Mann draußen ungeduldig. «Heute noch, wenn's geht!»

Wie gelähmt kauerten die Jungs vor der WC-Schüssel und wagten kaum noch zu atmen.

Jetzt ist alles aus, dachte Wayan verzweifelt. Ich bin meinen Job los, und Putu sitzt im Gefängnis. Ohne unser Geld muss unsere Familie zu Hause hungern, die jüngeren Geschwister können nicht mehr zur Schule, und …

«Hallo!» Der Mann polterte heftig gegen die Tür.

Das Gehämmer ließ ihre Ohren fast platzen.

Doch auf einmal hörte es auf.

Eine unheimliche Stille trat ein.

«Hey…», brummte der Mann draußen mit plötzlich misstrauischer Stimme. «Wer ist überhaupt da drin?»

Die Jungs zuckten zusammen. Wenn der jetzt den Schlüsseldienst holte und die Tür aufmachen ließ … dann wären sie geliefert!

In diesem Moment fasste Simon einen Entschluss.

Er sog tief Luft ein und brummte mit verstellter Stimme: «Such dir ein anderes Klo, Kumpel! Ich brauch noch 'ne Weile.»

«Was? Das andere Klo ist ziemlich weit weg!»

«Sorry, Mann ...» Simons Herz klopfte so laut, dass er fürchtete, man könnte es bis draußen hören.

Wayan schaute ihn blass an.

«Mann!», dröhnte es durch die Tür. «Mann, Mann, Mann!»

Dann trampelten schwere Schritte davon. Und verklangen schließlich ganz.

Die Jungs bliesen Luft aus.

«Okay ...», stöhnte Wayan. «Da hat nicht viel gefehlt, und ich hätte einen Herzanfall gekriegt.»

«Zum Glück hast du das nicht», murmelte Simon. «Sonst hätten wir hier gleich einen Rettungs-Trupp von der Security gebraucht!»

Die Jungs traten zur Klotür, legten das Ohr ans Holz und horchten.

Draußen war alles still.

Wayan legte die Hand auf die Klinke und machte leise einen Spalt breit auf.

Vorsichtig schaute er in den Flur hinaus.

«Die Luft ist rein.»

Rasch verließen sie das Klo und huschten nach vorne zum Hauptgang.

Doch bevor sie ihn erreichten, ratschte um die Ecke eine Tür auf.

Männer traten in die Security-Zentrale.

Hastig pressten sich die Jungs hinter das Ausrüstungs-Gestell.

Im Hauptflur gingen Sicherheitsleute vorüber.

«Ich glaub's nicht», sagte einer. «Der ganze Einsatz bloß, weil eine Alte in der Kabine 'nen Zigarillo raucht …»

«Gewöhn dich dran», brummte ein anderer. «Irgendwelche Superschlauen sind immer an Bord – Feueralarm gibt's fast nur, weil einer auf dem Zimmer raucht.»

«Für die Alte ist das eh ein Urlaubsvergnügen», meinte einer. «Die leistet sich den Feueralarm wie andere Leute eine Kinokarte. Wir müssen trotzdem jedes Mal ausrücken – es könnte ja doch ein Ernstfall sein …»

Die Männer entfernten sich.

Im Versteck hinter dem Gestell sahen sich die Jungs an.

«Diesmal müssen wir nicht mehr über die Außenwand», flüsterte Wayan. «Wir können innen raus.»

«Aber die Kamera am Eingang …»

«Kein Problem, komm!»

Die Jungs huschten zum Ende des Flurs. Dort spähten sie um die Ecke.

Der Hauptgang war leer. Bloß die Stimmen und das Piepsen aus den Räumen war zu hören.

Wayan schlich zu den Feuerwesten an der Wand.

Schnell zog er sich eine über, und Simon tat es ihm nach.

Dann schlichen sie auf Zehenspitzen an angelehnten Türen vorbei zum Ausgang.

Dort zog sich Wayan die Weste über den Kopf, damit seine schwarzen Locken nicht zu sehen waren.

Neben der Tür war auf Augenhöhe ein roter Knopf angebracht.

Wayan schaute Simon an. «Bereit?»

Simon nickte und zog die Weste ebenfalls über den Kopf.

Dann drückte Wayan den roten Knopf.

Die Tür glitt auf.

Die Jungs huschten aus der Zentrale unter der Kamera hindurch und verschwanden unerkannt in den Fluren der Ocean Queen.

In ihrer Kabine waren Debora und Raffi inzwischen vom Planschen auf dem Sonnendeck zurück.

Aufgeregt erzählte ihnen Simon, was er erlebt hatte. «Und jetzt wartet schon die nächste gefährliche Sache auf uns: Wir müssen den Täter überführen!»

Raffi sah ihren Bruder aus großen Augen an. «Und wie machen wir das?»

«Ich hab eine Idee.» Debora streichelte Zwockel auf ihrem Bett. «Wir könnten den Mann bei der Diamanten-Übergabe mit dem Handy filmen …»

«Das würde der doch merken», wandte Simon ein. «Es müsste so unauffällig sein, dass er nichts davon mitkriegt.»

Er öffnete die Minibar und nahm drei Cola und eine Packung Erdnüsse heraus. Zwei Flaschen gab er seinen Schwestern und warf sich dann mit den Nüssen aufs Bett. «Ich bin ganz schön geschafft, Mann!»

«Das glaub ich dir», seufzte Raffi mitfühlend.

Debora nahm einen Schluck Cola und kam wieder aufs Thema zurück. «Um den Täter überführen zu können, müssen wir auf irgendeine Art Beweise gegen ihn auftreiben ...»

«Hey!» Raffi sprang auf.

Zwockel zuckte zusammen und schaute zu ihr hoch.

«Die Kamera-Brille!», rief die Kleine.

«Die was?»

«Bill hat eine Sonnenbrille mit eingebauter Kamera!», erklärte Raffi. «Das würde der Täter sicher nicht merken.»

«Stimmt», fand Simon. «Eine Sonnenbrille am Schwimmbecken fällt überhaupt nicht auf.»

«Aber ...» Debora musterte Raffi. «Würde Bill uns diese Brille denn geben?»

«Versuchen kann ich's», lächelte die Kleine. «Wir sind ja schließlich beide Ermittler!»

«Das wäre wirklich cool.»

«Oh, nein.» Debora griff sich an die Stirn. «Leute, wir haben ein Problem! Der Täter hat vielleicht eine Beschreibung von dem Jungen, der ihm die Diamanten übergeben muss – aber Putu ist ja in der Zelle und kann gar nicht aufs Sonnendeck raus!»

«Hmm, daran haben wir jetzt nicht gedacht ...» In sich versunken kaute Simon Erdnüsse.

Plötzlich begann Raffi zu grinsen. «Leute, wir haben *kein* Problem! Wayan sieht ja genauso aus wie Putu. Er kann die Rolle seines Bruders übernehmen!»

«Stimmt!» Simon richtete sich auf und klopfte der Kleinen auf die Schulter. «Super, Schwesterchen!»

«Wenn wir dich nicht hätten», lächelte Debora. «Und wann ist der nächste Halt an Land? Wann legt das Schiff wieder an?»

«Morgen», antwortete Simon. «Ich hab vorhin in den Gängen eine Werbedurchsage für den Landausflug gehört.»

«Oh-oh», machte Raffi. «Dann geht's ja gleich morgen Früh los! Mannomann, ich bin schon mega-aufgeregt!»

Die Verhaftung

17

Am nächsten Tag waren die Kids bereits früh auf den Beinen. Noch bevor die Ocean Queen an Land anlegte, ging Raffi bereits zu Bills Kabine.

Unterwegs sah sie die Sonne leuchtend rot aufgehen. Das Meer war spiegelglatt. Bis zum Horizont gab es auf der Seeseite nichts als Wasser – kein Land, keine Insel, kein Schiff. Nur eine endlose flache Weite unter dem zartblauen Himmel.

Raffi riss ihren Blick von der wunderschönen Aussicht los und eilte weiter zu Bills Zimmer.

Vor der Tür blieb sie stehen, atmete tief durch und klopfte dann an.

Nichts geschah.

Kein Knacken.

Kein Rufen.

Kein Ton.

Absolute Stille.

Raffi fragte sich, ob der junge Mann in diesen Minuten überhaupt hier in seinem Zimmer war …

Da öffnete sich plötzlich die Tür.

Bill hingen lange Strähnen ins Gesicht – sein Haar war noch nicht zum Dutt geknotet.

«Was ist denn?», fragte er verschlafen.

«Hallo Bill», begann die Kleine mit ihrem liebsten Stimmchen. «Du hast doch so eine coole Sonnenbrille mit Filmkamera ... Dürften wir uns die vielleicht mal ausleihen?»

«Die Kamerabrille?» Der junge Mann strich sich das Haar aus der Stirn. «Wozu braucht ihr die denn?»

«Das darf ich leider nicht sagen», murmelte Raffi verlegen. «Es ist eine geheime Aktion. Aber es ist wichtig!»

Bill grinste. «Aha, sozusagen *undercover,* was?»

Er beugte sich vor und blickte im Flur nach links und rechts.

Alles war ruhig, nur die gedämpfte Musik dudelte wie immer aus den verborgenen Boxen.

«Okay, komm rasch rein.»

Er ließ sie an sich vorbei, schloss die Tür und trat in sein Zimmer.

Dort hob er seine Reisetasche hoch, nahm ein paar gefaltete Hosen und T-Shirts heraus und legte die Sachen aufs Bett.

Raffi verfolgte erstaunt, wie er nun am Boden der Tasche ein verborgenes Fach aufklappte.

Darin lag seine Geheim-Ausrüstung.

Er griff nach der Kamerabrille und zeigte Raffi einen winzigen Schalter am rechten Brillenbügel. «Hier einschalten, dann filmt sie, nimmt den Ton auf und sendet das Signal via Bluetooth an ein Empfangsgerät. Habt ihr ein Handy?»

Raffi nickte. «Ja, Simon und Debbie haben eins.»

«Okay.» Er streckte ihr die Brille hin. «Wiedersehen macht Freude! Das Teil ist teuer.»

«Ja, klar – vielen Dank!»

«Weidmannsheil!»

«Wie bitte?»

«Ach, das ist ein Jägergruß. Ihr geht doch auf die Jagd, oder?»

Er musterte sie abwartend.

«Ja, irgendwie schon», antwortete Raffi ausweichend.

«Gut, viel Glück!»

Bill öffnete die Tür und blickte in den Flur raus. «Die Luft ist rein!»

Raffi trat hinaus, und er schloss die Tür hinter ihr.

Doch er legte sich nicht mehr hin, sondern blieb gleich stehen, wo er war. Klarer Fall, er würde der Kleinen folgen – er wollte natürlich wissen, was die Kids mit seiner Tarnausrüstung vorhatten. Nur noch kurz warten, dann …

In diesem Moment klopfte es an der Tür.

Okay, offenbar hatte die Kleine was vergessen …

Er öffnete.

Doch draußen stand nicht die kleine Raffi.

Sondern ein großer Security-Mann.

Genau genommen nicht nur ein großer, sondern ein sehr großer Security-Mann.

Der Leiter höchstpersönlich.

Und neben Pieter standen gleich noch zwei weitere Sicherheitsleute.

Nicht gut, dachte Bill. Ganz und gar nicht gut.

«Mitkommen», sagte Pieter. «Folgen Sie uns!»

«Wohin?», wollte Bill wissen.

«Zum Kapitän», antwortete der Security-Leiter.

«Und warum, wenn ich fragen darf?»

«Warum?» Pieter lächelte kühl. «Sie wissen sicher, was Überwachungskameras sind. Wir haben genügend Beweismaterial gegen Sie auf Video, um damit einen ganzen Kinofilm zu füllen. Es hat eine Weile gedauert, bis wir die Aufnahmen Ihnen zuordnen konnten, aber jetzt ist alles klar. Sie haben sich vor dem Kapitän für Ihr verbotenes Treiben an Bord zu verantworten!»

Bill seufzte. «Muss das gleich jetzt sein?»

Der Security-Leiter nickte. «Das Schiff legt bald an – haben Sie vielleicht gedacht, Sie könnten dann einfach so an Land türmen? Nicht mit mir. Und jetzt los, mitkommen!»

Bill strich durch sein wirres Haar. «Darf ich mir wenigstens noch was anziehen?»

«Aber sicher», brummte Pieter. «Wir wollen ja unterwegs kein Aufsehen erregen. Die Gäste sollen nichts von der Verhaftung mitkriegen. Wir wollen so auftreten, als wäre alles ganz normal.»

«Okay.» Bill ging ins Zimmer und legte die gefalteten Sachen in seine Reisetasche zurück, wobei er das Geheimfach darunter unauffällig zuklappte.

Dann zog er sich ein T-Shirt über, schlüpfte in seine Jeans und folgte den Sicherheitsleuten zum Kapitän.

Während Opa durch den Flur im Luxus-Deck ging, drangen Werbedurchsagen für den kommenden Landausflug aus den Deckenlautsprechern. Wer mitwollte, sollte sich schon bald bereithalten.

Vor Miss Radderfords Suite blieb er stehen und klopfte bei ihr an.

Er musste im süßen Fliederdunst nicht lange warten, bis die alte Dame die Tür aufriss.

«Ich geh nicht an Land!», zischte sie.

«Ich auch nicht», schmunzelte Opa.

«Ach, Sie sind's! Das ist aber eine nette Überraschung!»

«Liebste Margaret», eröffnete ihr Opa. «Ich habe Ihnen etwas mitgebracht.»

Er streckte ihr eine Zeichnung hin, auf der Zwockel zu sehen war. «Sie mögen doch Hunde …»

«Diesen hier ganz besonders!»

Strahlend nahm sie das Bild.

«Danke! Das ist aber schön!»

«Stammt von einem sehr talentierten jungen Maler», lächelte Opa. «Aber eigentlich bin ich wegen etwas anderem gekommen.»

«Und zwar?»

«Margaret, ich benötige Ihre Hilfe.»

«Ach, ja?»

Sie musterte ihn abwartend.

«Wozu denn?»

«Ich möchte jemanden an Bord besuchen», antwortete

der fast blinde Mann. «Die Person wohnt leider nicht im Gästebereich, sondern in einem anderen Teil des Schiffs – einem für uns Fahrgäste nicht ganz erlaubten Teil, wenn Sie verstehen, was ich meine.»

Die Augen der kleinen Dame blitzten auf.

«Verstehe. Und …?»

Großvater räusperte sich. «Wegen meiner Sehschwäche benötige ich jemanden, der mich hinführt. Die Kinder sind mitsamt dem Hund unterwegs. Da habe ich an Sie gedacht.»

«Da haben Sie gut gedacht!» Die Lady legte Mojos Hundezeichnung auf die niedrige Kommode und verließ ihre Suite.

Im Flur fasste sie Opa am Arm. «Kommen Sie!» Abenteuerlustig führte sie ihn zum Crew-Lift. «Den wollte ich schon immer mal benutzen!»

Beim Fahrstuhl schmunzelte sie beschwingt. «Sie verführen mich ja zu allerlei spannenden Dingen, mein Lieber! Wer weiß, wo das noch hinführt!»

Erst mal zu Ketut unten in der Arbeiterkabine, dachte Opa. Miss Radderford konnte ja nicht wissen, in was für beengten Lebensbedingungen die Angestellten an Bord hausen mussten. Vielleicht wäre die Dame schockiert. Und vielleicht würde es ihr Herz bewegen, die Armut bei den Angestellten auf dem Luxusschiff mit eigenen Augen zu sehen.

Beweis auf Film

18

Als die Ocean Queen im Hafen anlegte, schaute sich Wayan auf dem Sonnendeck nervös um.

Da waren viele Badegäste am Pool, Sonnenhungrige in den Liegestühlen, ältere Leute im Schatten bunter Schirme.

Aber da war kein Mann, der irgendwie verdächtig aussah wie jemand, der wertvolle Diamanten abholen wollte.

Simon und Debora standen etwas abseits an der Reling. Debora trug die coole Sonnenbrille mit der eingebauten Kamera, und Simon betrachtete sein Handy – es empfing einwandfrei Film und Ton von der Spezialbrille.

In diesem Moment entdeckte Wayan einen Mann, den er noch nie zuvor an Bord gesehen hatte.

Okay, der könnte es sein …

Langsam schlenderte er auf ihn zu.

Als er ihn erreichte, fragte er höflich: «Was möchten Sie trinken, mein Herr?»

Der Mann überlegte kurz und sagte dann: «Gerne eine Cola, bitte.»

Wayan hob die Augenbraue. «Eine Cola, mein Herr?»

«Ja. Was ist daran so besonders?»

«Nichts», antwortete Wayan leicht verwirrt. «Aber, äh … Cola ist leider aus.»

«Was?» Der Mann musterte ihn verblüfft. «Cola ist aus? Das hab ich jetzt in meinem ganzen Leben noch nie gehört!»

«Tja, tut mir leid.» Wayan wandte sich ab.

Dabei prallte er fast in einen anderen Mann hinein. Es war der bleiche Mister Webber. Diesmal trug er sein Halstüchlein wieder. Und dazu eine lederne Umhängetasche mit Tragegurt.

Oh nein, dachte Wayan. Wenn der mich jetzt mit einer Bestellung von Schiffszwieback und Tee aufhält, dann …

Stattdessen sagte Mister Webber laut und deutlich: «Ich hätte gerne einen Caipirinha.»

Wayan sah ihn verblüfft an. «Wie bitte?»

«Einen Caipirinha», wiederholte Mister Webber ruhig.

Wayans Verwirrung wurde immer größer.

«Sind Sie sicher?»

«Aber sicher bin ich sicher», brummte der blasse Mann. Und fügte hinzu: «Jetzt gib mir das Teil – mit Limette, ohne Eis! Und zwar ein bisschen plötzlich!»

Wayan schluckte leer. Jetzt war der Fall natürlich klar. Aber dass ausgerechnet der seekranke Mister Webber der Auftraggeber des Diamanten-Schmuggels war, hätte er im Leben nie gedacht!

Doch er fasste sich rasch wieder. Er musste den Mann jetzt dazu bringen, etwas Eindeutiges zu sagen, das nachher als Beweis gegen den Täter verwendet werden konnte.

Aus dem Augenwinkel kriegte der Junge mit, wie Debora in seine Nähe geschlendert kam. Sie musste dicht genug an ihm dran sein, damit die Brillenkamera den Ton des Gesprächs mitkriegte.

Als Debora schon fast da war, rannten plötzlich junge Badegäste zwischen ihr und Mister Webber hindurch.

Johlend sprangen sie ins Schwimmbecken und spritzten ausgelassen herum.

Dadurch musste Wayan noch mal warten, bis Debora nah genug war.

Zur Überbrückung sagte er: «Mister Webber, möchten Sie statt einem Caipirinha nicht lieber einen Kamillentee?»

Debora machte einen weiteren Schritt und hielt den Kopf so, dass Wayan und der Mann im gefilmten Bildausschnitt zu sehen waren.

Da Mister Webber nicht auf Wayans Frage antwortete, schob der Junge nach: «Oder statt Kamillentee vielleicht einen Fencheltee?»

«Es reicht jetzt», zischte der Mann. «Mach endlich mit den Steinchen rüber!»

Debora blieb stehen – sie war jetzt nah genug.

Wayan bemerkte das und versuchte nun, den Täter endgültig in die Falle zu locken.

Dazu runzelte er die Stirn und sagte: «Steinchen, Mister Webber? Was für Steinchen denn?»

«Na, die Diamanten, du Idiot!», fauchte der Mann entnervt. «Die Schmuggel-Diamanten natürlich! Rück sie endlich raus!»

«Das ist gut», lächelte Simon und betrachtete sein Handy, das Mister Webbers Worte klar und deutlich mitgeschnitten hatte.

Zwockel guckte hoch und winselte leise.

«Alles gut, Zwockel», schmunzelte Simon. «Der Täter ist überführt!»

Er wählte die Security-Nummer und verlangte Pieter an den Apparat.

Als der dranging, sagte Simon: «Wir haben den Fall mit den Schmuggel-Diamanten gelöst und Beweismaterial gesichert. Sie können den Täter auf dem Sonnendeck verhaften. Beeilen Sie sich!»

Simon beendete die Verbindung und verfolgte weiter den Live-Film auf seinem Handy, den die Kamera aus Deboras Sonnenbrille übertrug.

Wayan zog umständlich ein gelbes gepolstertes Kuvert aus der Tasche und hielt Mister Webber den dicken Umschlag hin. «Wie gewünscht – mit Limette, ohne Eis.»

«Na endlich.» Der blasse Mann öffnete den Umschlag mit einem Lächeln, das bisher noch nie auf seinen fahlen Lippen zu sehen gewesen war.

Es verging ihm aber sofort wieder. «Da sind ja gar keine Diamanten drin! Das sind ja lauter kleine Zitronenkerne!»

«Nicht ganz», meinte Wayan. «Limettenkerne – das ist nicht ganz dasselbe, mein Herr.»

In diesem Moment heulte ein schriller Alarm los.

Simon blickte überrascht auf.

Was hatte das denn zu bedeuten?

Noch überraschter war er, als nun eine Durchsage ertönte.

«Achtung, Achtung», schallte Pieters Stimme aus den Lautsprechern auf dem ganzen Deck. «Hier spricht die Bord-Security! Niemand verlässt das Sonnendeck! Ich wiederhole: Niemand verlässt das Sonnendeck! Bleiben Sie ruhig und brechen Sie nicht in Panik aus!»

Natürlich geschah genau das Gegenteil.

Die Leute begannen wild durcheinanderzulaufen.

Viele schrien und drängten andere zur Seite.

Alle wollten zum Ausgang.

Ohne Rücksicht auf Verluste.

Es sah aus, als würde das Schiff schon sehr bald untergehen.

Die Flucht

19

Mister Webber blickte sich geschockt in dem wilden Treiben um. Dann rannte er plötzlich los.

Unsanft stieß er einen Service-Boy an, der sein Tablett mit farbenprächtigen Drinks durch das Gedränge zu steuern versuchte.

Die Gläser klirrten zu Boden und verbreiteten ihren klebrig-flüssigen Inhalt auf dem Deck.

Zwockel und die Kids nahmen die Verfolgung des Flüchtenden auf.

Doch vor ihnen rutschten Badegäste auf den bunten Pfützen aus und fielen kreuz und quer hin.

In dem Wirrwarr versuchten die Kids zwischen den Liegestühlen hindurch dem Täter zu folgen. Aber überall versperrten Leute den Weg, die gestürzt waren und auf dem glitschigen Boden wieder aufzustehen versuchten.

Auch Zwockel rutschte auf dem Glibber dauernd aus.

Als er und die Kids endlich aus dem dichtesten Tumult herauskamen, war auf dem Deck keine Spur mehr von Mister Webber zu sehen.

Simon rannte zum Lift. «Ich fahr nach unten!», rief er

über die Schulter. «Am Ausgang muss der Mann ja irgendwann durch!»

«Okay!»

Die Mädchen schauten sich mit Zwockel weiter auf dem Sonnendeck um.

Wachsam durchsuchten sie jeden Winkel.

Vielleicht hatte sich der Täter ja hier oben irgendwo versteckt. Und lauerte bloß darauf, dass die Kids ihn anderswo suchen gingen …

«Da ist er!» Raffi zeigte in die Tiefe.

Tatsächlich – drei Decks weiter unten rannte Mister Webber an dem Schwimmbecken entlang, in dem die Wasserrutsche von hier oben endete.

Debora hastete zur Treppe.

«Das reicht nicht!», rief Raffi. «Bis du da unten bist, ist der längst wieder weg!»

Doch Debora rannte weiter.

Da trat Raffi zu der großen Rutschbahn.

Kurzentschlossen setzte sie sich in ihren Kleidern hinein, um so schnell wie möglich zu dem Flüchtenden zu gelangen.

Zwockel blieb unsicher stehen und winselte.

«Komm, Zwockel!»

Raffi glitt auf der Rutsche los.

Da sprang der Hund mit einem Satz hinterher.

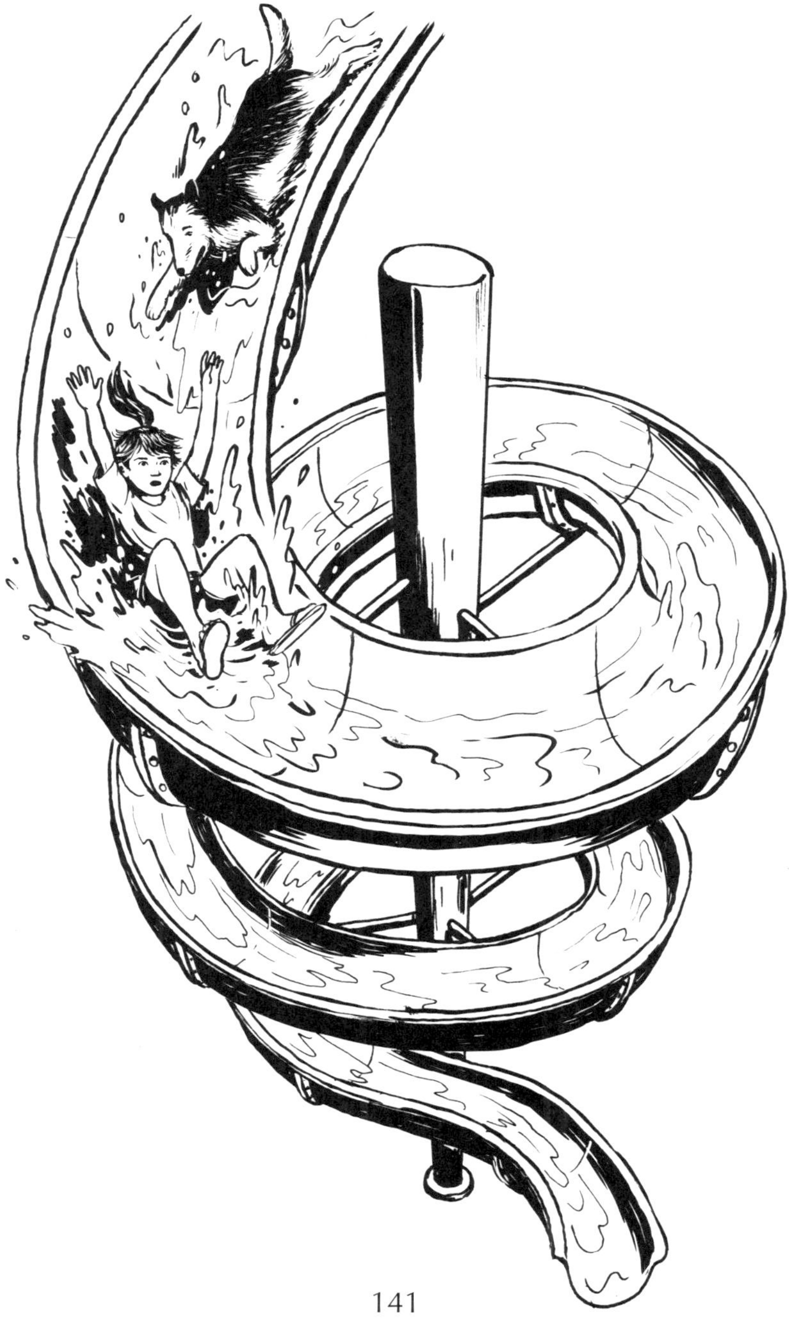

Mit den Vorderfüßen voran flitzte er dem Mädchen nach.

Um mehrere Kurven rasten die beiden die Bahn hinab und kamen immer schneller auf das Ende zu.

Nach der Abschluss-Rampe flogen sie schreiend und bellend durch die Luft und platschten spritzend ins Wasser.

«Ein Hund!», kreischte jemand.

«Da ist ein Hund im Pool!»

So schnell wie möglich schwammen Raffi und Zwockel an den Beckenrand.

Als die beiden pudelnass aus dem Wasser stiegen, war von Mister Webber wieder nichts mehr zu sehen.

Zwockel schüttelte sein Fell und spritzte dabei wild um sich.

«Iiii!», kreischte eine Bikini-Nixe. «Spinnst du? Meine Schminke verläuft ja voll, Mann!»

Auf dem Deck traf jetzt auch Debora ein.

«Los, schnell nach unten!»

Und schon nahmen die Mädchen erneut die Verfolgung auf. Zwockel jagte bellend vor ihnen her.

Mister Webber rannte im Erdgeschoss von der Treppe zum Ausgang des Schiffs. Unterwegs stieß er Fahrgäste zur Seite und quetschte sich zwischen Jugendlichen hindurch, die sich für ein Gruppen-Selfie aufgestellt hatten.

«He!», riefen sie ihm nach.

«Geht's eigentlich noch, Alter?!»

Der Mann ließ sich natürlich nicht aufhalten.

Er erreichte nun das Ende des Flurs.

Bloß noch wenige Meter, und er wäre beim Ausgang – und damit in Freiheit.

In genau diesem Moment glitt auf einmal die Glastür vor ihm zu.

Der Täter prallte beinahe hinein.

Jetzt war der Durchgang versperrt.

«Was soll denn das?»

Schnaufend sah er sich um.

Da fiel sein Blick auf Simon, der bei der Computer-Anlage stand.

Die Hand des Jungen lag auf dem roten Knopf.

Mister Webber kam heran.

«Aufmachen!», keuchte er. «Drück den Knopf und mach sofort die Tür auf!»

«Wozu?», fragte Simon so ruhig wie möglich. «Ist Ihnen etwa übel geworden? Und müssen Sie Armer deswegen jetzt ganz schnell raus?»

«Ha, ha», fauchte der Mann. «Ich konnte ja nicht ahnen, dass ich nicht seetauglich bin, als wir den Deal planten. Das war das härteste Geschäft meines Lebens, das kannst du mir glauben. Und jetzt mach die Tür auf!»

«Sie werden gleich rauskommen», sagte Simon. «Sobald die Polizei hier ist.»

«Das würde dir so passen!» Mister Webber versuchte Simons Hand vom roten Knopf wegzureißen.

Doch der Junge ließ nicht los.

Da änderte der Mann seine Taktik. Er drückte hart auf Simons Hand, und dadurch wurde auch der rote Knopf niedergedrückt.

Vorne glitt die Glastür auf.

«Na also!» Mister Webber rannte los.

Der Weg war nun frei.

Diesmal würde er es schaffen.

Das war so sicher wie das Amen in der Kirche.

Oder … vielleicht doch nicht.

Denn im allerletzten Moment sprang von der Seite ein Schatten heran.

Der Schatten eines Hundes.

Im Gewimmel verschwunden

20

Zwockel sprang Mister Webber an und riss ihn zu Boden.

Der Mann wollte sich rasch befreien, doch dabei hatte er nicht mit Zwockel gerechnet. Denn der Hund verbiss sich in die lederne Umhängetasche und knurrte den Täter gefährlich an.

Verzweifelt versuchte Mister Webber, die Tasche zwischen den Hundezähnen herauszureißen.

Doch Zwockel ließ nicht locker.

In diesem Augenblick kam ein Security-Mann angerannt. Ein baumlanger Security-Mann vom Format eines Kleiderschranks.

Und schon klickten Handschellen um die Handgelenke des keuchenden Täters.

«So», grinste Pieter zufrieden. «Haben wir dich also, Amigo!»

Er zog den Mann unsanft hoch und hielt ihn mit einer Hand fest.

Mit der anderen Hand drückte er einen Knopf an seinem Funkgerät. «Ich hab ihn, Leute», sprach er auftrumpfend hinein. «Ich hab den Kerl am Ausgang geschnappt!»

Raffi und Debora mussten schmunzeln, als sie dazukamen. Pieter sonnte sich voll im Erfolg, obwohl Zwockel und Simon den Flüchtenden gestoppt hatten.

Aber was machte das schon – Hauptsache, der Täter war gefasst.

Das Schiffshorn ertönte – und nun durften endlich diejenigen Gäste von Bord, die den Landausflug unternehmen wollten.

Auf der Ocean Queen hatte sich eine lange Warteschlange hinter der Absperrung der Security gebildet.

Ungeduldig gingen die ersten Reisenden unter dem lauten Gekreische der tief fliegenden Hafenmöwen von Bord und durch die Zollkontrolle.

Pieter übergab den blassen Mister Webber der Grenzpolizei.

Rundherum starrten die Gäste den Mann mit den glänzenden Handschellen an. Sie konnten ihre Blicke kaum von ihm losreißen.

Ein neugieriges Getuschel erfüllte die Luft.

In dem ganzen Aufsehen huschte ein zerzauster Junge unauffällig zwischen den Leuten und Polizisten hindurch den Landungssteg hinab zur Kaimauer.

An Land drehte Mojo sich um winkte den Kids mit Stift und Papier in der Hand lächelnd zu.

Dann tauchte er in der Menschenmenge am Hafen unter.

Die Kids verfolgten, wie Pieter vom Eingang zurück an Bord kam und zu einem der Fahrstühle ging. Davor hielt er an und wartete.

Gleich darauf glitt die Tür auf.

Bill trat aus dem Lift.

Zwei Sicherheitsleute führten den jungen Mann zum Ausgang der Ocean Queen.

Raffi rannte hin und gab Bill seine Film-Brille zurück. «Was passiert denn jetzt mit dir?», fragte sie besorgt.

«Sie werfen mich von Bord», antwortete Bill.

Dann begann er zu grinsen. «Ich wollte eh hier an Land gehen. Ich habe genug gesehen an Bord – wenn du weißt, was ich meine.»

Raffi zwinkerte ihm erleichtert zu.

«Das freut mich!»

«Vielleicht hörst du mal in den Nachrichten von mir», schmunzelte Bill. «Für mich werden meine Ermittlungen keine Folgen haben – aber für die Schiffsbesitzer hoffentlich schon.»

«Super!», strahlte Raffi. «Danke für alles!»

«Los jetzt», brummte Pieter. «Sonst schlagen wir hier noch Wurzeln.» Er schaute die zwei Security-Mitarbeiter an. «Abführen!»

Die beiden Männer fassten Bill an den Armen und begleiteten ihn an Land.

An der Reling winkten die Kids dem Undercover-Mann

noch eine Zeitlang nach, bis er unten in dem Gewimmel im belebten Hafenviertel verschwand.

«Wo ist eigentlich Ketut?», fragte Simon. «Das Zimmermädchen muss doch auch hier von Bord.»

«Ketut kann ihre Stelle behalten», antwortete Pieter. «Ihr wird nun doch nicht gekündigt. Sie bleibt auf dem Schiff.»

Debora musterte ihn erstaunt. «Warum wurde ihr nicht gekündigt?»

«Weil jemand ein gutes Wort für sie eingelegt hat.»

«Wer war das?»

«Eine sehr wichtige Stammkundin», erklärte Pieter. «Sie hat was Komisches gesagt – Glück sei teilbar oder irgendwas in der Art.»

Als Opa dazukam und die Kids ihm die gute Neuigkeit wegen Ketut erzählten, schmunzelte er. «Miss Radderford hat offenbar keine Zeit verloren ... Sie lässt sich übrigens entschuldigen – sie kann nicht hier sein, weil sie im Moment eine indonesische Spezialität genießt, die Ketut unbedingt für sie zubereiten wollte. Nach dem Essen gehe ich übrigens mit Miss Radderford auf den Landausflug.»

Simon blies Luft aus. «Zum Glück darf Ketut ihre Stelle behalten!»

«Obwohl sie hier so wenig verdient», murmelte Raffi. «Ich weiß gar nicht, ob ich den Urlaub auf dem Schiff überhaupt noch genießen kann.»

«Tu das ruhig», forderte Opa sie auf. «Wenn ihr drei einmal erwachsen seid, könnt ihr immer noch entscheiden, ob ihr noch mal eine Kreuzfahrt machen wollt. Jeder muss für sich selbst sehen, ob er das mit seinem Gewissen vereinbaren kann oder nicht.»

«He, was …?»

Debora spürte eine Berührung am Nacken.

Wayan legte ihr ein Blumenband um den Hals.

«Danke!» Strahlend betrachtete sie das kunstvoll gefertigte Band.

«Hab ich selbst gemacht», erklärte Wayan. «In unserer Heimat schenken wir Mädchen zum Abschied so eins.»

«Zum Abschied?»

Wayan nickte. «Putu und ich gehen hier von Bord. Unser nächster Dienst ist auf einem anderen Schiff derselben Linie.»

Neben ihn trat ein Junge, der ihm zum Verwechseln ähnlich sah. Putu war bloß ein paar Zentimeter kleiner, doch das bemerkte man nur, wenn die beiden nebeneinanderstanden.

Putu streckte Simon die Hand hin. «Schön, dich kennen zu lernen! Bisher hab ich ja nur deine Stimme gehört – durch die Wasserrohre.»

«Freut mich ebenso.»

Simon schüttelte ihm die Hand.

«Super, Putu, dass du wieder frei bist!»

«Vielen Dank für eure Hilfe!»

Raffi sah den Jungen teilnahmsvoll an. «Es war bestimmt schlimm in der Zelle …»

«Naja.» Putu hob die Schultern. «Ich hab's überlebt und bin jetzt wieder draußen, das ist das Wichtigste.»

Wayan grinste. «Putu war schon immer der Coolere von uns beiden. Er ist halt der Jüngere.»

Nun wandte er sich wieder Debora zu und zeigte auf das Band um ihren Hals. «Blumen verwelken, aber meine Erinnerung an dich wird niemals vergehen.»

«Oh, wie romantisch», kicherte Raffi.

Auch Debora musste schmunzeln.

Nun verabschiedeten sich die Kids von den beiden Jungs.

Opa machte sich für den Landgang bereit, und die Kids fuhren zum Sonnendeck hinauf.

«Jetzt können wir endlich den Pool richtig genießen», strahlten sie. «Und unseren wohlverdienten Urlaub auf der Ocean Queen beginnen!»

Zwockel bellte, und Raffi machte einen Luftsprung. «Das ist ja klasse, Mann!»

ENDE

HAT DIR DAS BUCH GEFALLEN?

SCHREIBE UNS!

Wir freuen uns immer riesig über Post von Leserinnen und Lesern! Wenn Dir die Kaminski-Kids gefallen oder wenn Du einen Vorschlag, eine Frage oder sonst eine Rückmeldung hast, dann zögere nicht, uns zu schreiben! Sende uns Deine Zeilen

PER E-MAIL AN
fanclub@kaminski-kids.com

ODER AN
Die Kaminski-Kids
c/o Fontis – Brunnen Basel
Steinentorstr. 23
CH-4010 Basel

Wir freuen uns, von Dir zu hören!

MITMACHEN UND GEWINNEN!

Das Neuste über die Kids erfahren und bei den Gewinnspielen mitmachen:

Fordere den kostenlosen **E-Mail-Infobrief**
der Kaminski-Kids an! Das geht ganz einfach unter:

WWW.KAMINSKI-KIDS.COM

Hier kannst Du auch die Kaminski-Kids besuchen und nachschauen, was die Kids über sich selbst erzählen! Auf unserer Webseite gibt's zudem viele **Infos für Vorträge und Referate**, über die Storys, andere Fans und natürlich über den Kaminski-Kids-Autor und seine Kinder, die beim Schreiben der Bücher mithelfen!

*Besuche uns Kids
auf unserer Webseite!*

Stehst Du uns bei allen Fällen zur Seite? Das wäre super.

WIR ZÄHLEN AUF DICH!

Die Kaminski-Kids

Die Kaminski-Kids

Name: Simon Kaminski
Haarfarbe: Blond
Augenfarbe: Grünbraun
Hobbys: Fußball spielen, im Wald herumstrolchen, Bike fahren, Snowboarden
Lieblingsessen: Hühnchen mit Pommes
Liebstes Schulfach: Sport

Name: Debora Kaminski
Haarfarbe: Blond
Augenfarbe: Braun
Hobbys: Pferde (vor allem mein Pflegepferd Fanny), Lesen
Lieblingsessen: Pommes
Liebstes Schulfach: Musik

Name: Raffi Kaminski
Haarfarbe: Braun
Augenfarbe: Braun
Hobbys: Verstecken und Fangen spielen, Gitarre spielen – und natürlich unser Hund Zwockel
Lieblingsessen: Pizza Hawaii (mit viel Ananas!)
Liebstes Schulfach: Malen

Name: Zwockel (Mischung aus Jockel und Zwerg)
Haarfarbe: Braunes, wuscheliges Fell
Augenfarbe: Braun
Erkennungsmerkmal: Weißer Fleck auf der Stirn
Lieblingsessen: Hundekekse
Eigenschaften: Gute Spürnase, die Kids können sich immer auf ihn verlassen – auch wenn's mal wieder ganz schön brenzlig wird!

KAMINSKI-KIDS

DIE BÜCHER

Band 10

Band 11

Band 12

Band 13

Band 14

Band 15

Band 16

Band 17

Band 18

KAMINSKI-KIDS

WEIHNACHTS-FALL NR. 1

Das große Weihnachts-Musical droht ins Wasser zu fallen – die Aula wurde zerstört. Wer steckt dahinter? Der Verdacht fällt auf den Pflegejungen der Familie Kaminski. Werden es die Kids im Lichterglanz des weihnachtlich verschneiten Dorfes schaffen, seine Unschuld zu beweisen und den wahren Täter zu finden?

Bestell-Nr. 191615 / ISBN 978-3-7655-1615-3

KAMINSKI-KIDS

WEIHNACHTS-FALL NR. 2

Die Kids machen bei einer Hilfsaktion mit und schnüren Weihnachts-Pakete für Osteuropa. Raffi packt versehentlich etwas ein, das für Opa Kaminski große Bedeutung hat. Aber wo ist das fragliche Päckchen im Moment? Auf dem Weg zum Paketverteilzentrum in der Stadt, zusammen mit hunderttausend anderen Paketen ...

Bestell-Nr. 204065 / ISBN 978-3-03848-065-5

KAMINSKI-KIDS

DIE SHORT STORYS

Short Story 1: «Mega Zoff!»
Eine Serie rätselhafter Taten.
Dahinter steckt eine gefährliche Bande.
Dann fängt der Zoff erst richtig an.
Und wir Kids sind mittendrin …

Bestell-Nr. 204019
ISBN 978-3-03848-019-8

Short Story 2: «Hart auf hart»
Wir bekommen einen Drohbrief.
Unser Liebstes verschwindet.
Wir machen uns auf die Suche.
Und geraten in eine gefährliche Falle …

Bestell-Nr. 204020
ISBN 978-3-03848-020-4

KURZ. PACKEND. ZUM MITMACHEN.
MIT RÄTSELN, SUCHBILDERN UND VIELEM MEHR.
JE 100 SEITEN. HOCHSPANNUNG PUR!

Short Story 3: «Unter Verdacht»
Raub – ein rätselhafter Einbruch.
Wir Kids geraten unter Verdacht.
Eine Bande plant eine gefährliche Tat.
Können wir das Schlimmste verhindern?

Bestell-Nr. 204081
ISBN 978-3-03848-081-5

Short Story 4: «Auf der Flucht»
Zwei sind in Gefahr.
Wir Kids helfen ihnen.
Doch plötzlich sitzen alle in der Falle!
Und es wird ganz schön gefährlich ...

ISBN 978-3-9524797-2-8

KAMINSKI-KIDS

DIE HÖRSPIELE

Vol. 1: Mega Zoff!

Raffi wird im Schulhof erpresst: Sie soll für einen großen Jungen etwas stehlen, sonst macht er sie fertig. Simon und Debora versuchen ihr aus der Klemme zu helfen. Doch: Hinter der Sache steckt eine ganze Bande.

74 Minuten Hochspannung

CD: ISBN 978-3-7655-8754-2

Vol. 2: Hart auf hart

Die Kids erhalten einen Drohbrief: «Ihr werdet euer Liebstes verlieren!» Tatsächlich verschwindet ihr Hund Zwockel spurlos. Als sich die Kids auf die Suche machen, lockt sie ein unheimlicher Verfolger in eine Falle.

60 Minuten Hochspannung

CD: ISBN 978-3-7655-8755-9

Die Hörspiele gibt es auf
HOCHDEUTSCH UND IN SCHWEIZER MUNDART

Vol. 3: Unter Verdacht
Als die Kids einen Einbruch untersuchen, geraten sie selber unter Verdacht der Polizei. Um in eine Bande aufgenommen zu werden, besteht Debora eine Mutprobe. Die «Banfits» planen eine lebensgefährliche Tat …

62 Minuten Hochspannung
CD: ISBN 978-3-7655-8757-3

Vol. 4: Auf der Flucht
Im verschneiten Ferienort des Snowboard-Camps lernen die Kids Antje und Mark kennen. Die beiden stecken in der Klemme und müssen fliehen. Die Kids stehen ihnen in der Not zur Seite.

61 Minuten Hochspannung
CD: ISBN 978-3-7655-8758-0

Gratis-Ausschnitte
von jedem Hörspiel zum Anhören auf
www.kaminski-kids.com

KAMINSKI-KIDS

DIE HÖRSPIELE

Vol. 5: In der Falle

Die Kids befreunden sich mit den Kindern eines Wanderzirkus. Als im Dorf etwas Wertvolles gestohlen wird, fällt der Verdacht auf die Künstler. Beim Versuch, den wirklichen Täter zu finden, geraten die Kids in eine Falle.

65 Minuten Hochspannung

CD: ISBN 978-3-7655-8759-7

Vol. 6: Auf heißer Spur

Im Nachbarhaus der Kids zieht eine junge Familie ein. Raffi freundet sich mit Nina an, doch bald ist die «Villa Kunterbunt» wieder verlassen. Die Kids kriegen einen Hilferuf: Nina wird gegen ihren Willen festgehalten ...

65 Minuten Hochspannung

CD: ISBN 978-3-03848-800-2

Die Hörspiele gibt es auf
HOCHDEUTSCH UND IN SCHWEIZER MUNDART

Vol. 7: Entscheidung im Park
Als Simons bester Freund wegen Drogen Schwierigkeiten bekommt, geraten auch die Kids in Bedrängnis. Die Dealer locken sie zu einem Treffen an einen einsamen Ort – dort kommt es zur Entscheidung im Park.

65 Minuten Hochspannung
CD: ISBN 978-3-03848-816-3

Bisher nur in Mundart

Vol. 9: Unsichtbari Züüge
Die «Banfits» verwickeln die Kids in eine Prügelei, filmen es mit dem Handy und stellen den Film ins Internet. Simons Freund wird schwer verletzt. Als Verstärkung reisen Antje und Mark an. Doch da lauert schon neue Gefahr.

68 Minuten Hochspannung
CD: ISBN 978-3-03718-569-8

Gratis-Ausschnitte
von jedem Hörspiel zum Anhören auf
www.kaminski-kids.com

KAMINSKI-KIDS

DAS NEUSTE HÖRSPIEL

Vol. 8: Gefahr in Amsterdam

Im Urlaub mit ihren Freunden Antje und Mark kriegen es die Kids mit einer Drogenbande zu tun. Was sie nicht wissen: Die Polizei ist an derselben Bande dran. Und dabei kommen ihr die Kids plötzlich in die Quere.

50 Minuten Hochspannung

CD: ISBN 978-3-03848-822-4

20 JAHRE KAMINSKI-KIDS

DIE JUBILÄUMS-BOX

Box mit 3 CDs

Drei mega spannende Abenteuer zum 20-Jahre-Jubiläum der Kaminski-Kids in einer Box zum Superpreis! Über drei Stunden Hörspiel-Spaß für die ganze Familie.

195 Minuten Hochspannung
CD-Box: ISBN 978-3-03848-827-9

Hit zum Superpreis!

DIE KAMINSKI-KIDS

„Live"

DER AUTOR STEHT GERNE FÜR LESUNGEN ZUR VERFÜGUNG

ABWECHSLUNGSREICHE UND SPANNENDE KAMINSKI-KIDS-LESUNG MIT VIDEOS, QUIZ UND FRAGERUNDE.

In Schulen, Bibliotheken, Buchhandlungen ...

Lesungen und Schreibworkshops für die 1.–6. Klasse mit den Kaminski-Kids und für die Oberstufe mit «Paradise Valley». Carlo Meier wurde bislang zu Lesungen vor über 50 000 Besuchern und in weit über 2 000 Schulklassen von Hamburg bis Gstaad eingeladen.

INFOS AUF WWW.KAMINSKI-KIDS.COM

OCEAN QUEEN

Bis zum nächsten Fall!

WIR ZÄHLEN AUF DICH!

Tschüss, bis bald!

Die Kaminski-Kids